重建伊甸园

莎朗·奥兹诗选

［美］莎朗·奥兹 著 远洋 译

To Rehabilitate
the Garden of
Eden

Sharon Olds

图书在版编目（CIP）数据

重建伊甸园：莎朗·奥兹诗选 /（美）莎朗·奥兹
(Sharon Olds) 著；远洋译. — 南京：江苏凤凰文艺
出版社，2016（2022.7 重印）
ISBN 978-7-5399-9468-0

Ⅰ. ①重… Ⅱ. ①莎… ②远… Ⅲ. ①诗集－美国－
现代 Ⅳ. ①I712.25

中国版本图书馆 CIP 数据核字(2016)第 158626 号

Strike Sparks: Selected Poems, 1980-2002
Copyright ©2004 by Sharon Olds
This translation published by arrangement with Alfred A. Knopf, an imprint of The Knopf Doubleday Group, a division of Penguin Random House, LLC.

版权登记号：图字：10-2015-564 号

书　　　名	重建伊甸园：莎朗·奥兹诗选
著　　　者	（美）莎朗·奥兹
译　　　者	远　洋
责 任 编 辑	于奎潮　王娱瑶
出 版 发 行	凤凰出版传媒股份有限公司
	江苏凤凰文艺出版社
出版社地址	南京市中央路 165 号，邮编：210009
出版社网址	http://www.jswenyi.com
经　　　销	凤凰出版传媒股份有限公司
印　　　刷	南京爱德印刷有限公司
开　　　本	880 毫米×1230 毫米 1/32
印　　　张	7.5
字　　　数	150 千字
版　　　次	2016 年 8 月第 1 版
印　　　次	2022 年 7 月第 2 次印刷
标 准 书 号	ISBN 978-7-5399-9468-0
定　　　价	52.00 元

（江苏凤凰文艺版图书凡印刷、装订错误，可向出版社调换，联系电话：025-83280257）

目录

撒旦说

003 ...... 对高级军官们的指控

005 ...... 地位

007 ...... 无限幸福

009 ...... 吹牛的语言

011 ...... 谈话

012 ...... 我不能说

死者与生者

017 ...... 象形文字

019 ...... 女孩照片

020 ...... 一九二一年，塔尔莎种族暴动

021 ...... 仅此一次，在来到我跟前的所有死者中

023 ...... 流产

024 ...... 父亲的鼾声

026 ...... 瞬间

028 ...... 鼻涕虫女行家

030 ...... 没有爱情的……

032 ...... 销魂

034 ...... 独自拥有

036 ...... 成年礼

038 ...... 35/10

039 ...... 失踪男孩

041 ...... 一个男孩派对中的女孩

黄金密室

045 ...... 纽约，夏至

048 ...... 地铁上

050 ...... 偷吃贼

052 ...... 女孩

055 ...... 何时

056 ...... 我回溯到 1937 年 5 月

058 ...... 恶魔岛

060 ...... 为什么我妈妈制造我

062 ...... 三十七年后我母亲为我的童年道歉

064 ...... 剑桥挽歌

067 ...... 地形学

069 ...... 我无法忘记那镜中女人

071 ...... 小东西

073 ...... 六月份：十三岁半

075 ...... 望着熟睡的他们

父亲

079 ...... 玻璃杯

081 ...... 他的静默

083 ...... 飞升

085 ...... 竞赛

088 ...... 疑惑

090 ...... 感情

093 ...... 他的骨灰

096 ...... 超越伤害

098 ...... 私生活

100 ...... 博物志

102 ...... 摆渡者

104 ...... 我父亲死时我想要在场

106 ...... 废物奏鸣曲

源泉

111 ...... 一九四二年,加利福尼亚,日裔美国人农舍

112 ...... 谋杀我妹妹的鱼

114 ...... 克里科瑞安太太

118 ...... 青春期

120 ...... 一九六八年五月

122 ...... 给新生儿洗澡

124 ...... 四十一岁,孤零零的,没有沙鼠了

126 ...... 物理学

128 ...... 我儿子这男人

130 ...... 第一件晚礼服

132 ...... 高中生

134 ...... 儿科医生退休

137 ...... 夏日午夜

139 ...... 真爱

血、罐头、稻草

143 ...... 诺言

145 ...... 那天

148 ...... 随后的惩罚是跟我完事了

151 ...... 地球是什么

153 ...... 离岛

155 ...... 介词

158 ...... 一九五四

160 ...... 夏日凉风

163 ...... 支持又反对知识

166 ...... 在旅馆镜中醒来的夫妻

169 ...... 爱将要去哪里

171 ...... 抗议者

173 ...... 夏令营巴士从路边绝尘而去

175 ...... 聊天者

177 ...... 第一次感恩节

179 ...... 本然

182 ...... 了解

未打扫的房间

187 ...... 圣经研读,公元前七十一年

190 ...... 五分看一眼

192 ...... 灰姑娘

195 ...... 风景里的静物

197 ...... 婚誓

200 ...... 他的服装

202 ...... 最初几周

204 ...... 紧握

206 ...... 窗

209 ...... 油炸鱼

211 ...... 踱步时想知道

213 ...... 羞怯

215 ...... 四月,新汉普郡

217 ...... 清理

220 ...... 初学者

223 ...... 天堂存在

225 ...... 照顾

227 ...... 赞美诗

229 ...... 未清理的

230 ...... **译后记**

撒旦说

对高级军官们的指控

在楼梯井上方的走廊里，
妹妹和我相遇，夜晚，
眼睛和头发黑暗，身体
像黑暗中的双胞胎。 我们没谈及
那像将军一样、出于他们自己的原因
带我们到这儿的俩人。 我们坐下，冷战中的
伙伴，她活着的身体是我
活着的身体的证明，我们背对
楼梯暖和的炮弹洞，沿着它
我们将不得不下去，除了曾在那儿
学会的东西，一无所知，

    所以现在
我想到妹妹时，她屁股
和她肘部皱褶里的针孔，
她的医生丈夫暴打的印记，
以及手术疤痕，我感到

一个士兵的愤怒——站在
某人遗体旁——他被派往前线
未经训练
也无武器。

地　位

写作后离开码头，
我走近房屋，
看见了你清秀的贵族长脸
被用羊皮纸遮暗
火焰色的灯光照亮。

一只优雅的手放在胡子上。 你锥形的眼睛
发现了在草坪上的我。 你看着我，
像从一扇小窗里俯视的君主，
你是君主的后裔。 冷静地，不带
一丝羞怯，你审查我，
这跑出去到码头上写作的妻子，
只要一个孩子在床上，
就留下另一个给你。

　　　　你的薄嘴
柔韧如一张射手的弓，

却不弯曲。在我们处境的真实性中
我们对视良久,诗歌
沉重如水煮的猎物在我手上悬挂着。

无限幸福

当我第一次看见雪给天空盖上
它美妙的蹄印时,我说我决不
住在不下雪的地方,而当
第一个男人猛烈地
撕开了通道,
来到小房间,把窗帘拉到一边
让我进来,我意识到
我决不能再离开它们
活着,那成千上万残忍蹄子的
奇怪比赛。 今天我们躺在
小卧室里,它因反光的雪
而呈暗金色,一会儿雪花
沿着天空优美地攀爬,你
进入我,把窗帘
压到一边,让小房间展现着,
因反光的雪而呈暗金色,
在那儿我们躺下,在那儿你进入我,

把窗帘压到一边,让小房间
展现着,因反光的雪
而呈暗金色,在那儿我们躺下。

吹牛的语言

我想在甩刀子中出人头地。
我想要用我格外强壮而精确的手臂、
我笔挺的姿势、敏捷带电的肌肉
在人群中心有所作为。
刀尖深深刺穿树皮,
刀把缓慢而沉重地振动,像雄鸡。

我想要传奇般地使用我出色的身体,
某种英雄行为,某个美国式成就,
由于我的非凡自我而超常脱俗,
有吸引力和张力,我站在沙地旁边,
观看孩子们玩耍。

我想要勇气,我想到火、
瀑布的穿越,我怯懦而平安地
到处拖着我的大肚皮,
我的带有补铁药丸的黑粪便,

我的巨乳渗出黏液,
我的腿肿胀着,我的手肿胀着,
我的脸肿胀着而且变黑,我的头发
脱落着,我体内的性
一次次被刺伤,可怕的痛苦像刀扎一样。
我躺下了。

我躺下了,出汗,颤抖,
穿过血液、排泄物、水,
慢慢地,独自一人在圆圈中心,
我经过新人出来,
而他们提高了新人行动的自由,
并揩拭那种血腥语言的
新人自由,像赞美整个身体。

我做了你们想要做的,瓦尔特·惠特曼,
艾伦·金斯伯格,我做了这件事,
我和其他女人这种异常行为
以及异常的英雄般的身体,
这样生育,这样闪亮的动词,
而且,跟其他人一起,
正把我骄傲的美国式自夸
撂在这儿。

谈 话

中午，在阴暗的木房间里，
妈妈和女儿谈话。
不可以继续的粗鲁，对小弟的
卑劣，自私自利。
八岁，坐在房间角落的
床上，她的虹膜蒸馏出
最后几滴东西，她坚定的
脸融化着，变红，
她眼里银色的闪光，像透过森林
瞥见的远处水池。
她接受了，接受了而又大声哭喊着
我恨我是人！ 扑进
妈妈怀里
仿佛
跳入
深深的池塘——而她不能游，
这孩子不会游。

我不能说

我不能说我跳下巴士，
那巴士在开动中，我怀里抱着孩子，
因为我不知道。 我相信自己的故事：
我跌倒了，或者巴士已开跑，
当我一只脚还悬在半空时。

我不会记得我绷紧下巴，
那错过停靠站的烦恼，一步跨出去
踩空，清醒的孩子
张望空中的她，当我
一只膝跌到街上，擦破了，崴伤了，
巴士打滑停下，司机
跳出来，我女儿笑着喊
再来一遍。

   我从未再来
一遍，我一直小心翼翼。

我留意到那好看的年轻妈妈
轻松地
从行进中的车辆
跳到十字路口，她的生命
在她手里，她生命的生命在她手里。

死者与生者

象形文字

（一张一九〇五年的中国照片）

手工做的绞刑架，象形文字形式的
木板，一个人的尺寸，
斜靠着一堵条石陡壁。 一个人是
一个男人的简单形状。 这男人在它上面
睡着了，手臂钉到木头上。
没有木料被浪费；他的指尖
在木板最末端朝里卷曲，
如同孩子酣睡中张开的双手。
另一个男人醒着——他直勾勾地
盯着我们。 他被固定在更复杂的
绞刑架，那对角横梁上，
一只手臂朝上指着，一只垂下；
他两腿弯曲，穿透脚踝的长钉
使它们离地提举着，
他的膝翘起，长袍的皱褶飘向
两侧，仿佛他悬浮在空气中

飞,露出他赤裸的腿。
他们在等候行刑,斜靠墙
就像你会撑着一件工具,直到要用它为止。
他们将被肩膀推挤着越过人群
被押送着穿过尖叫声。昏睡者将醒来。
那个被扭曲的人将在众多面孔之上飞翔,
他的衣服是翻卷的波浪。
这里那里,仍然是幕后的安静,
大墙底下的黑暗,支柱
倾斜在尘埃状的半昏半暗里。
他在沉默中盯着我们。他是在说
救救我,还来得及。

女孩照片

女孩坐在坚硬的地面上,
一九二一年的旱灾,俄罗斯的
干碾机,把她震昏了,
双眼紧闭,嘴巴张开,
粗砺的热风把沙子
刮到她脸上。 饥饿和青春期
正一起裹挟着她。 她靠在麻袋上,
一层层衣服在炎热里摆动,
手臂娇嫩的桡骨弯曲着。
难掩其美,但她
正在挨饿。 一天比一天瘦,她的骨头
变得更长、疏松。 标题说
那个冬天她将同数百万人
一起饿死。 在她肉体深处
卵巢释放出她最初的卵子,
珍贵如一粒粒粮食。

一九二一年，塔尔莎种族暴动

白人燃烧的白衬衫在纸页上
是空白的，看着他们
就像盯着太阳，你可能会目盲。
在机关枪的枪口下，
黝黑发亮的男女老幼
正在进监狱。 你可以看看
这些马栗树般整天闪闪发光的脸。
除一人外，全都从平板卡车的
木头后部下来。 他躺着，
鞋尖指着北和南，
指关节从碎裂的板条上蜷曲垂下，
头部后仰，仿佛他
是在田野里，他的脸向上倾斜，
朝着天空，晒太阳，
以使它越来越黑，趋近于人的颜色。

仅此一次,在来到我跟前的所有死者中

我从未写东西反对死者。 我觉得似乎
我会对他们解开衬衫,这锥形体
仍产出着甜蜜的乳汁,

但当祖父十四克金的怀表
破空而来,越过落基山脉,
越过被剥夺的黄色原野,
冬天的河流,以及后面
压在他名字上的祖母空白的脸,

我想到他怎样把空碟
放在我妹妹面前,晚餐后
关掉灯,坐在灰房间里,
在火旁,火焰的光
在他的一只假眼里闪烁,
在那间小屋他教给我父亲
他的关于人生的见解,而我说

不！我说，让这个人去死。
让他穿过玻璃屋顶坠落，
撕裂着，旋转着，那空中伙伴的腿
和玻璃碎片，是他最后
在这里的露面。

流　产

当我怀孕一个月时,极大的
血块出现在卫生间
淡绿色晃漾着的水中,
砖红,像含盐的
透明卤水里的黑,像生命形式
出现,有着清晰轮廓的
真菌形状的水母。

那是由那个孩子形成的
唯一外貌,粗糙、扇形的身材
慢慢地沉落着。 一个月后
我们的儿子怀上,我再也没回头
去哀悼曾来过的他,遥远得像
带着其信息的海底山脊:我们可能
笨手笨脚地把事情弄糟,你和我。 一切包裹
在紫色里它漂走了,像一个信使
因携带着坏消息而被处死。

父亲的鼾声

深夜时分,我会听见它穿透墙壁——
我父亲打鼾,那稠密、不成调的
凝结的黏液在他鼻腔里上升着
又落下,像一团团海藻一个波浪
卷进来又卷回去。 那阻塞的咆哮
充满房屋。 甚至落入厨房,
在橱柜中,刀叉随着远处的震动
发出低哼声。 但在我的紧挨着
他们的房间里,它是那么巨大,
我能感觉到自己在他体内,
在他生命打结的绳索上被举起
再放下,进入狭窄的
锯齿状的井,其琥珀墙
滑动在我躯干周围,波旁酒的气味
像痰一样刺鼻。 他通宵躺着,
像一头被击倒的野兽,发出粗重的

被埋葬的、阻塞的呼叫，像哭喊
求救。 而永远无人前来。
在周围任何地方，没一个他的同类。

瞬　间

我看见埃及红的污渍时，
进屋去找你，妈妈——
经过有着巨大黄月亮的
祖父的钟表，经过擦得锃亮的
赭色烤木楼梯。
我越来越低地下到
房屋身体里，在
地面水平线以下，
在我从未找到过你的地方
找到了你，在旧水槽旁，
你的双手在肥皂水中浸到肘部，
你的头上方，是地面上
闪耀的窗。
你从镀锌盆里抬起头，
一个四十岁矮小憔悴的
漂亮女人，离异一周了。
"我来了月经，妈妈。"我说，

看见你的脸突然绽开，
快乐地发光。"宝贝。"你说，
来到我跟前，伸出手，
它覆盖着微小精致的泡沫，像种子。

鼻涕虫女行家

那时,我是鼻涕虫女行家,
我会翻开常春藤叶子,寻找
那些裸露的果冻似的绿色生物,
半透明的陌生东西,沿着石头
闪闪发光,它们凝胶状的身体
在我的怜悯中。 多半由水构成,要是撒上盐
就会萎缩得一无所存,
但我无意于此。 我喜欢的是
把常春藤拨到一边,呼吸
那面墙的气味,静静地站在那儿,
直到鼻涕虫把我忘记,
向上伸出头部触须,
微微发光的茶褐色触角
像望远镜举起来,直到最后
灵敏的阴茎弹出末端,
准确无误地,与伴侣交配。 多年后,
当我第一次看见裸体男人,

我愉快地喘息着,瞧那安静的
秘密再次上演,那缓慢
而优雅的物件从隐密处伸出,
在粉状的空气里闪烁,热切地,
因此相信你会哭泣。

没有爱情的……

他们怎样做那事,那些无爱
却做爱的人? 美如舞者,
在彼此身体上滑行,像溜冰者
滑行在冰上,手指钩入
对方身体里,脸
红得像牛排、葡萄酒,湿得
像刚出世、妈妈就打算抛弃的
孩子们。 他们怎样来呀来呀
来到上帝跟前
直到静如止水,而没有爱
随他们一起到来,光
慢慢升起,就像蒸汽离开他们
结合的皮肤? 这些是真正的修道士,
纯粹论者,老手,不会接受
一个虚伪的弥赛亚,爱牧师
而不是上帝。 他们不错把情人
当作自己的欢愉,

他们像了不起的跑步者：他们知晓自己是孤独的，
伴随路面上，寒冷、风、
合脚的鞋，他们全部心血管的
健康——只是一些因素，如床上
伙伴，并非真实，而只是
单个身体孤零零地在宇宙中
反抗它自己的最美时光。

销 魂

当我们做爱到第三天时,
多云,阴暗,当我们不但不停止反而
陷入又陷入时,而且
不犹豫不退缩我们
腾空而起,直到我们结束在
森林线上方。 湖躺着,
结了冰,银色的,湖面起了皱褶,
没什么反光。 黑岩石
升起在湖周围,融入有纹理的
深褐色天空,一片片雪
白花花闪耀,即使我们
不知道我们在哪儿,我们无法
用语言表达,我们几乎看不见,我们
不停下,随着面对黑丘陵的黑岩石、
从黑丘陵里上升的黑群山
上升。 休息
在群山之巅,一块巨大的云

有着燃烧着的晚照的
扇形边,我们不回头,
我们跟它一起留下,即使我们
远得超出我们的所知,我们升起
融入有纹理的云,即使我们
害怕,天空空虚,即使
在那儿无物生长,即使它是
无人曾从那儿回来的地方。

独自拥有

（给我的女儿）

我躺在海滩上，注视着
你躺在海滩上，默想着你
以应对你将不跟我在一起的时刻：
你变紫的嘴唇，在阳光下肿胀，
光滑得像贝壳内唇：
你金色小点心般的皮肤，光滑，
有模糊的斑点，像小点心的表面：
你乱麻般极多缠结的头发。
我一直爱你而不是其他人，
以一种不爱别人的方式爱你，
你身体的每一条不同纹理
构成上帝，如同你竖立在我内心，
一个封闭的世界里。 假使从你的嘴唇中
我曾学到别人嘴唇的爱，
出自你当主角的、涂胶水的睫毛
那别人睫毛的爱，出自你闭上的、颤抖的

眼睛里那别人眼睛的爱，
出自你身体里的那些身体，
出自你的生活里的那些生活，又如何？
今天，我明白这是从你那儿学到的：
去爱我并不拥有的东西。

成年礼

客人们抵达我儿子的晚会时
他们聚集在起居室——
矮个小子们,上一年级,
有着光滑的喉咙和下巴。
手插在口袋里,闲站着
推搡着、耍着花招争位置,小打小闹
爆发又平息。 一个对另一个说
你多大? 六岁。 我七岁。 真的吗?
他们互相打量,意识到自己
在其他学生中的渺小。 他们清喉咙
许多次,一屋子的小银行家,
他们抱着胳膊,皱起眉头。 *我可以把你
打趴下,*七岁的对六岁的说,
黑蛋糕,又圆又重,像一座
炮塔,在他们身后餐桌上。 我儿子,
他脸颊上长满肉豆蔻似的雀斑,
胸膛狭窄,如船模的

轻木板龙脊,细长的手
像他们引他离开我那天一样
凉而瘦,以主人身份
为团体利益大声讲话。
我们可以轻而易举地杀一个两岁的,
他声调清晰地说。 其他人
都同意,他们将军一般
清清喉咙,从容不迫地开始动手
玩打仗,给我儿子庆生。

35/10

在镜前,从头到尾刷着
我女儿丝绸似的棕发
我看见我头上灰色的微光,
这银灰色头发的仆人在她身后。 这是为什么
正如我们开始走去
他们开始到达,我脖子里的褶皱
变得像她尖削的美妙臀骨
一样清晰么? 当我的皮肤显露
干枯的麻点时,她盛开像仙人掌尖
一朵湿润而精致的花;
如同我最后一搏要生一个
坠落着穿过我的身体及衣服的孩子
她满袋的受精卵,圆圆的
坚硬如煮得过熟的蛋黄,就要
拉断钩子。 睡前,我刷她缠结的
芳香的头发。 这是一个古老
故事——在地球上我们拥有的最古老的——
更替的故事。

失踪男孩

(为埃坦·帕茨①而作)

每次乘巴士

儿子都看见那失踪男孩的照片。

他看着它,像一面镜子——稻草般的

黑头发,苍白皮肤,

蓝眼睛,铁青色运动鞋

有锯齿状金色斜线。 当然

那孩子是小不点,只有六岁半,

你可能出事的年龄,

那时你并不真正安全,我们的儿子七岁,

---

① 帕茨生前与父母住在纽约一处小区。 1979年5月25日,帕茨的父母第一次允许儿子独自走过两个街区,到车站等候校车上学,随后再也没有见到帕茨。 帕茨失踪三十三年,宣布死亡十一年,但这个孩子的形象从未从美国人的生活中消失。 他的照片曾印上奶瓶包装,他的故事上世纪80年代在全美触发一场寻找走失儿童的行动。 2012年5月24日,纽约市警方说,这桩三十三年前的悬案本月水落石出。 一位名叫佩德罗·埃尔南德斯的新泽西州男子承认,他1979年在纽约曼哈顿诱拐并杀害了六岁男童埃坦·帕茨。

实际上完全长大了——为什么，他会高过
那个孩子，假如他们能够
找到他，把他正好带到这儿，在这辆巴士上
让他们一起站着。 他抓住柱子，
希望得到，在他头上方闪闪发光的
海报上的磁带，它老化时
中间开始溶解而边缘卷曲。
夜里，当我把他放到床上，
我儿子紧紧抓住我的手，
说他确信那孩子一切都好，
没什么要担心，他只是
希望得到他喜欢的食物，
不只是过去的食物，而是他
最喜欢的食物，他习惯吃的。

一个男孩派对中的女孩

当我带着我的女儿到游泳会时,
我把她放在小子们中间。 他们
高耸而且胡子拉碴,她站在那儿,光鲜水灵,
她的数学得分展开在她周围的空气中。
他们将脱到只剩泳装,她的身体僵硬,
像素数一样除不尽,
他们将跳进深水区,她将从十英尺
减去她的高度,用它分开
几百加仑的水,这数字
在她心中弹跳,像亮蓝水池中的
氯分子。 他们爬出来时,
她的马尾辫会悬挂铅笔芯
垂到背上,她紧窄的丝绸泳装
印有汉堡和炸薯条,
将在灿烂的空气中闪耀,他们将
看见她可爱的脸蛋,严肃而且
紧绷着,挺抽象的一个人,她将

看见他们的眼睛,各俩,

他们的腿,各俩,还有他们性器官的曲线,

各一个,在她头脑中将爆发

火花,从她体内落到一千功率。

黄金密室

纽约，夏至

到这年最长的一天结束时他不能忍受了，
他走上通到楼顶的铁梯
经过柔软的、涂了焦油的表面，
到边缘，把一条腿放到复杂的绿锡檐上方，
说如果他们走近一步就一了百了。
于是地球的巨大机器开始为他的生命运转，
警察们来了，穿着蓝灰套装——如多云傍晚的天空，
其中一个穿着防弹背心，一只黑贝壳
围绕着他自己的生命，
他的孩子们的父亲的生命，以防
那人持械，还有一个人，吊在
一条如同其天职标志的绳索上，
从临近建筑顶部洞里出来，
像他们说的金洞是在头上顶部，
开始朝那个寻死的人悄悄移动。
个头最高的警官径直走近他，

温柔地，缓慢地，跟他说着话，说着话，说着话，
然而那人的腿悬挂于另一个世界边缘，
人群在街上聚集，默默的，而且
那张有着解不开的网格的毛茸茸的网
靠近路牙摊起，铺开
又拉伸如床单准备好接生。
于是他们全都近前一点儿，
在他面向死神蹲窝的地方，他的衬衫
发出乳白色的光，像某种东西
在实验室的黑暗中，在夜晚的碟子里生长着，
然后随着他身体抽搐，
一切停止了，他
从栏杆里走下，走向他们，
而他们接近他，我想他们将要
揍他，就像一个妈妈，她的孩子丢失了
又找到时会对孩子尖叫，他们
用手臂挽着他扶着他
让他靠着有烟囱的墙，
高个儿警察在自己嘴巴上
点燃一支烟，
递给他，
然后他们全都点了烟，而那

发着红光的烟屁股燃烧,
像我们回到世界开端
在夜里点燃的微小营火。

地铁上

男孩和我面对面。
他的脚巨大,穿着一双黑运动鞋
饰以复杂图案的白边
像两条世界的伤疤。 我们迷恋上
车厢对面,三两个
陷入光柱里
快速穿过黑暗的微粒。 他有
或我的白人眼睛想象他有
一个抢劫犯随便而冷酷的面相,
在低垂的眼睑下的警惕。 他穿着
红衣服,像身体的内脏
暴露无遗。 我穿着旧皮衣,一只
动物的全身毛皮被剥掉
缝制的。 我看着他粗鄙的脸,
他看着我的毛皮大衣,我不知道
假如我在他的力量范围内——
他可以那么轻易地夺去我的大衣,我的

公文包，我的生命——
或是假如他在我的力量范围内，用我
依赖他的生命活着的方式，吃他做
而不吃的牛排，仿佛我从他嘴里
夺取食物。 还有他是黑人
我是白人，而且没有意图或是
试图让我必须利用我们的历史，
他用谋杀国民心中栋梁的方式
引起注意，仿佛黑棉布
吸收太阳的热量并保留它。 没法
知道这种白肤色使我的生活
变得多么容易，这生命
他能够那么轻易地折断，用我想
他自己的背被折断的方式，他生下来时
灵魂的枝条是黑暗和流动的，
丰富如一棵幼苗的心
准备向上挤进任何自然光。

偷吃贼

他们沿路驱赶他,以他们有牲畜时
赶牲畜一成不变
有意识的方式,那时他们也有家
和活着的孩子。 他们用易弯的
从树上折断的、剥了皮的树枝驱赶他,
这树皮无法啃吃,
不能割,没人有刀,可以吃的树
都早已被吃光叶子和树干,
长长的根也被从土里拔出来吃掉。
他们赶他还打他,松散的一圈
瘦子们拿着幼嫩的枝条,
一起慢慢、慢慢地赶他,
把他打得要死。 他转向他们,
用身体的所有口才,那
手腕翻转过来,他手臂上静脉
流动着,像树根仅仅在皮表之下;
他头上伤口化脓了,湿得像

肥沃的犁沟——耕地时犁了又犁
以给种子开出一道沟；他的
眼睛恳求着，虹膜黑而且
像他的皮肤放光，眼白是一种黑暗
闭塞的白，像暴雨天早晨
覆盖的乌云。
他的嘴唇对着他的兄弟们张开，仿佛
一个女人的身体可能会敞开，仿佛土地本身
被劈开又合拢，潮湿
并曾给他们结籽；他嘴唇上线条
很细，像根须，像一条江河的无数支流，他正在
用他的整个身体求他们饶命，而他们沿途自始
至终
在摧残着他的身体，因为
他们知道他在哀求的生存——
是他们的生存。

女　孩

他们追逐她和她的朋友，穿过树林
在一小片空地上逮住她们，胡乱地折断
欧洲蕨，两张旧床垫，
是枯赭色的泡沫塑料，
仿佛这地方早已准备好了。
那个黑头发的瘦子，
开始强奸她最好的朋友，
金发的家伙站在她上方，
把他的拇指戳进她下巴里面，她十二岁，
把他的下体插入她的嘴巴和咽喉，
动作越来越快，越来越快。
然后那黑头发的家伙站起来——
她们躺着像在他脚下拽出来的树根，
两个赤裸裸的十二岁女孩，他说
现在你们将要知道被射五次
和猪一般被屠宰是什么样子，
他们换了床垫，

金发斥骂着、刺痛着她最好的朋友，
黑发戳进她的身体里面，
从一处到另一处，
他的枪尖深深压进她的腰，
她感觉到脊椎里几声卡嗒响，一阵刺痛
像七喜在她的脑袋里，然后
他把树枝拽过她的咽喉，
一切都黑暗了，
健身房黑暗了，她妈妈的厨房，
甚至她妈妈成套的碗的圆形边缘之上
灯火辉煌的环球剧院也黑暗了。

她醒来时，躺在冰冷的
有铁腥味的地上，她在床垫下面，
它被拖到她的身上
像夜里一条毛毯，
她看见她最好的朋友的遗体，
她开始跑，
她来到树林边缘，
从树林里走出来，像清理着一道伤口，
她穿过田野走向铁路，
朝着司闸员喊：求求您，先生，求求您，先生。

在审判时她必须说出一切——
她的大姐教她这话——
她必须跟他们一起坐在法庭上
并指认他们。 如今她去参加聚会，
但不抽烟，她是一个啦啦队长，
她跃向空中
踢腿，然后回家洗碗，
做家庭作业，她必须努力学好数学，
夜晚在她那张床的屋顶上空
布满白星星。 每天晚上
她为她最好的朋友的灵魂做祷告，
感谢上帝救命。 她知道
我们所有人从不想知道的一切，
而她翻筋斗，劈叉，她摇动
在她掌中捏碎的啦啦球。

何　时

现在我想知道只有当它发生时，
年轻妈妈才会听见那响声，
像街区里某人的高压锅
爆炸。 她将走出到院子里，
怀里抱着小女儿，
在那边，在街尾上方，
在一排树林上方，
她将看见它腾起，越过地平线
上升着，那金球
上缘，大得像一颗
巨行星，开始冉冉升起在我们头顶上空。
她会抱着女儿站在院子里，
看着它升起、变大、开花、升起，
而孩子将朝它张开双臂，
它看起来会是那么美丽。

我回溯到 1937 年 5 月

我看见他们站在学院正门，
我看见父亲从赭色砂岩拱门下
正漫步走出，那
红砖隐约闪现，像弯曲的
血色板块在他脑后，我
看见母亲，臀部放着几本发亮的书，
站立于碎砖砌成的柱子旁，
铁门仍然敞开在她身后，它的
剑尖闪亮在五月的天空，
他们就要毕业，他们就要结婚了，
他们是孩子，他们还很蠢，他们只知道
他们天真无邪，他们永远不会伤害任何人。
我想走到他们面前，说，停住，
不要这样做——她是不合适的女人，
他是不合适的男人，你们将要做
你们无法想象你们竟然会做的事情，
你们将要殃及孩子们，

你们将要受苦,以你们闻所未闻的方式,
你们将会要死不活。 我想在五月末的阳光下
走到他们面前,说这一番话,
她饥渴的漂亮脸蛋转向我,
她未被触摸过的身体娇媚可怜,
他自大的男子气的面庞转向我,
他未被触摸过的身体健美动人,
然而我不这么做。 我想活着。 我
拿起他们,就像成双成对的
纸玩偶,把他们臀部狠狠撞
在一起,像燧石碎片,仿佛要
从他们身上打出火花,我说
做你们打算做的吧,而我将讲述它。

恶魔岛

我是一个女孩时,我以为我是男子,
因为,他们要送我去恶魔岛,
而只有男人去恶魔岛。
每次我们开车到城里,我会
看见它在那儿,白得像盛产鲨鱼的海湾里
一条大白鲨,那栅栏像
乳白色肋骨。 我知道我曾过于
为难父母,我内在的坏
像墨水漫延并把我带走,我无法
控制可怕的想法、
可怕的样子,他们曾经常说
要送我去那里——也许下一次
我洒了我的牛奶,
铝合金门会砰地关上,我会在
我的归属之地,一个女孩脸的人
在无人曾从里面逃跑的监狱中。 我不
害怕其他囚犯,

我知道他们是谁，是像我一样
一次洒了太多牛奶、
没能控制住他们想法的人——
我害怕的是圆圈的恐怖：围绕地球的
天空的圆圈，围绕海湾的
陆地的圆圈，围绕着岛屿的
水的圆圈，围绕着海滨的
鲨鱼的圆圈，外墙、
内墙的圆圈，
钢梁、铁栏杆、
我的单人牢房的圆圈，而在中心
那里，是一杯牛奶，而且守卫的眼睛
在我身上，当我伸手去拿时。

为什么我妈妈制造我

也许我是她一直想要的,
我父亲如同一个女人,
也许我是她想要成为的人,
当她第一次看见他时,高个儿、聪明,
站在学校院子里,
一九三七年的硬汉之光
闪耀在他光滑的头发上。 她想要
那种力量。 她想要那种尺寸。 她通过他
拽呀拽呀,就像他是丝绸般的
波旁太妃糖,她从他的身体里拽呀
拽呀拽呀直到她把我拖出来,
黏糊糊而且闪闪发光,她后继有人了。
也许我之所以成为这样的自己,
是因为她的确想要如此,
想有一个非常像她
但不会退缩的女人,于是她
强迫她自己,努力地,反对他,

强迫呀强迫她自己清白的柔软的球
像打奶油的棍棒,
对付他被玷污的、酸臭的铁挫刀,
直到我出现在他身体另一侧,
一个高个儿女人,被玷污的,酸臭、尖锐,
但有着我天性深处的那种奶。
如今我躺在这儿,正如我曾躺在
她的臂弯,她的创造物,
我觉得她在俯视我的内心,像
一把刀剑的制造者凝视着他的脸
在刀片的铁里。

三十七年后我母亲为我的童年道歉

当她向我倾斜时,双臂伸出
像试图跨过一堆火的人,
当她向我摇摆着,大声呼喊
对不起,为你曾对我做的事,你的
眼睛充满可怕的液体,像
碎温度计里的水银球
滚落到地板上,当你私下里尖叫时,
我能掉头走开么? 还有谁我曾拥有过? 那
剁掉的陶器般的你的手,朝我摇摆着,那
你眼睛里崩溃的水,像高压下
石头渗出的水分,我看不见
我用余下生命所要做的一切。
天空似乎被撕裂,像一面窗
有人正在闯进或出去,你的
小脸闪烁仿佛挂满
破碎的水晶,有着真实的后悔,那
身体的后悔。 我看不见我的日子

会变成什么样，随着你道歉，随着
你希望你不曾那样做，那
天空落在我周围，它的碎片
在我眼里闪闪发亮，你苍老、柔软的
身体惊恐地绊倒在我身上，我
把你接在怀抱中，我说没关系，
别哭，没关系，空中充满
飞溅的玻璃，我真不知道
说什么或我还能怎么样，因为我早就原谅了你。

剑桥挽歌

献给亨利·埃夫里尔·格里(1941—1960)

如今我简直不知道怎样对你说，
如今你还那么年轻，比我更接近
我女儿的年龄——但我曾亲眼看见它，而且
必须告诉你，当看着和听着
把这世界拼写进聋哑人的手时。
屋顶窗像狐狸耳朵，像
猪身上的双排乳头，仍然
昂首翘尾在广场上空，尽管他们正在
挖掘街道，仿佛挖掘坟墓，
铁铲在石头上碰出尖锐的响声，像你的汽车
撞毁后车顶在地面打滑着。
要是你必须死我多么想要大家都去死，
我曾多么封闭于我自己的世界，
又聋又瞎。 现在我能告诉你什么，
既然我知道这么多，而你是一个
新手，仍然，喝着一夸脱橙汁，

打三盘网球以治愈宿醉,这样一个
长大成人的热心学生! 我能告诉你
我们是对的,我们的身体是对的,生活曾是
真的要变好,以至于
快乐充满每个细胞。
突然间我想起你身体的确切样子,但
比你明亮的眼角,或
你脸上的光芒更清晰,那富人的长岛上
肥胖小狗般你的大腿,或是闪闪发亮的
你裤子的丝光棉灿烂在我的眼角,我
想起你爱我时勇敢的
非凡行为,有些目中无人,
之前犹豫已经结束。 你是
无畏的,你可以在一夜不眠后开车,
就像一个成人,并不害怕,你会
在驾驶时很容易就睡着了,而且
从未觉察,你头上每根金发——
它们浓密地垂下——像灯丝一样熄灭,
二十年以前。 这查尔斯仍然
溜走,带着那种使我痛苦的轻松,
当你的死令人难过时,我想要万物难过,
想要万物破碎,并僵硬得

好似人行道里的砖，或是你对我的爱
在你青春的身体里细胞挨着细胞停止了。
万福玛丽娅——我一直朝前走，有了孩子们，这
安逸的生活和忠诚，这
手掌和乳房，身体里每毫米的快乐，
我走上了我们开始时曾一起坚持的路，我
接受没有你的一切，仿佛
终究接受一切，是我能纪念你的
最高形式。

地形学

我们飞越国家之后,上床了
我们的身体一起
优美地躺着,像地图铺开
脸对脸,东方对西方,我的
旧金山对着你的纽约,你的
火烧岛对着我的索诺玛,我的
新奥尔良深陷于你的德克萨斯,你的爱达荷
闪亮在我的五大湖上,我的堪萨斯
对着你的堪萨斯燃烧,你的堪萨斯
对着我的堪萨斯燃烧,你的东部
标准时间压入我的
太平洋时间,我的山地时间
撞击着你的中部时间,你的
太阳从右边迅速升起,我的
太阳从左边迅速升起,你的
月亮从左边缓慢升起,我的
月亮从右边缓慢升起,直到

天空中所有四个天体
在我们上方燃烧,把我们密封在一起,
我们所有的城市成双成对,
我们所有的州联合了,一个
国家,不可分割,人人自由平等。

我无法忘记那镜中女人

在黄昏里退后,上下颠倒,那个
女人四脚着地,她的头
摇晃着,还塞满了,她的瘦腰,
那黑暗的区域,胁腹
和屁股鹿也似的狭窄而灰白,那俩
乳房朝地心下垂着
像铅锤,当我
左右摇摆时它们摇摆,那是
如此贴近的夜晚,我无法说它们
是黄是紫还是玫瑰色。 我无法忘却
她朝他的移动,在镜中上下颠倒像一只
天花板上的苍蝇,她的头垂下,她的
舌头长而紫,像一只食蚁兽的,
正伸向他的身体,她分明是一头
人类动物,像一个易洛魁搜索者匍匐着,
裸体、无声,而当我看着她时,
她那么直勾勾地盯着我,她的眼睛所有的

瞳孔，她的凝视对我说，
我属于这儿，这是我的，我正在这个地球上
活出我的真实人生。

小东西

她去野营之后,傍晚,
我清理红木桌上
我们姑娘的早餐碟,发现一个极小的
枫糖结晶池,那些
颗粒站在那儿,圆溜溜,夜里,我
用指尖摩擦它,
仿佛我能读懂它,这种琥珀色糖果
凸起的圆点,而这次,
当我想到父亲时,我想知道为什么
我想到父亲,想到他手中
火神血红的玻璃,或是他的黑头发闪闪发光,
像裂开的煤。 我想学会
爱跟他有关的小东西,
因为所有的大物件
我无法爱,没人做得到,这可能是错的。
因此当我盯着这树脂般的形象时,
或用我的手掌根一起扫除一堆

昆虫的翅膀般

我儿子晒脱的皮时——在野营的前一天晚上，

在那里我剥落他背上的皮，

我正在做早前学会做的事情，我正

在注意到小小的美，

我所有的一切，仿佛去发现事物可爱，

把自己捆绑于这个世界，就是我们的责任。

六月份：十三岁半

当我们的女儿快毕业时，
正是青春期，在她平静的、
故作严肃的阶段，
她开始踢起高跟鞋，爵士乐伸出
她的手，戳出她的臀骨，唱
我很棒！ 我很棒！ 她感到
八年级在她身边敞开大门，一只蝶蛹破裂着
并让她飞出去，它在她身后落下，
掺进地板上其他的茧壳，
七年级，六年级，那
五年级一品红的壳，那
她有很多病痛时四年级的硬夹克，
三年级，二年级，一年级暗淡的茧
在小路上返回到某处，还有
幼儿园像一条吮吸拇指的毛毯——
取自出生时他们包裹她的真实毛毯。
整所学校正在脱离她的肩膀，

像斗篷解开了扣子，而她向前跳跃，在她的
抽筋的、性感男孩自我、自我的
玩笑之舞中，她的喉咙绷紧而一支
尖厉的新歌冲口而出，虽然她的
两只黑眼睛闪耀
在她身体上方，像一个好妈妈
和一个好爸爸俯视而且
爱他们的宝贝所作的一切，她活出他们的爱的
方式。

望着熟睡的他们

我夜里回家晚了,进去吻他们时,
我看见女孩一只胳膊挨着头弯曲着,
嘴巴有点儿鼓胀,像吃得过饱,但
略微噘起,似乎还嫌不够,
她的眼睛那样闭了,你会以为它们
对着她的脑后把虹膜转来转去,
在那厚厚的满足了欲望的眼睑下,
眼球大理石般赤裸,
她仰面朝天地躺在放弃和封闭的完成中,
而儿子在他的房间里,哦儿子横在床上,
单膝上提,好像在攀爬
急拐弯的楼梯,朝上进入黑夜,
在他颤抖着的薄眼睑下,
你知道他的眼睛完全张开,
凝视着,目光呆滞,眼中之蓝那么
焦虑,在这黑暗的一切里水晶般透明,
而且他的嘴巴张开,他在攀爬中正呼吸急促,

还有点气喘吁吁，眉毛紧皱
而苍白，纤细的手指弯曲着，
手张开，每只手中心
是干燥而肮脏的男孩手掌
静止如一块饼干。 我看着
探寻中的他，他胳膊的瘦小肌肉
激动而紧张，我看着她，她的脸
像吞下一头鹿的蛇的脸，
满足，满足的——我知道要是我弄醒她
她会微笑，把脸转向我，尽管
半睡梦状态，睁开眼睛，我知道
要是弄醒他他会抽搐，说不要，坐起来，
用蓝眼睛盯着他周围，
不认识，哦我的主啊我怎么
了解他们俩。 当爱涌向我而且说
你知道什么，我回答这丫头，这小子。

父亲

玻璃杯

如今我惊异地想到
那粘有黏液的玻璃杯，整个周末
立在我父亲面前的餐桌上。 这些天
肿瘤正在他的咽喉里快速增长，
而且它增长时流脓
像太阳发出耀斑，那些倾诉的
语言。 所以我父亲不得不漱口，咳嗽，
大约每隔十分钟，
就把一口浓稠的东西吐进玻璃杯，
在他的下嘴唇上刮擦着杯沿，
以清除皮肤上的最后一点，然后他
放下玻璃杯，在餐桌上，而它
搁在那儿，像一杯啤酒泡沫，
亮晶晶，有点黄，他漱口
并咳嗽，一再伸手去拿它，
不断吐出浓痰，
充满气泡，并且像泡沫一样绕着转——

他好像上帝，从自己嘴巴里生产食物。
他什么都不再能吃，
只是喝一口牛奶，有时，
加水调稀，也还是
无法通过肿瘤咽下，
而下次痰液涌上来时
它破碎了，他不得不在咽喉里滚动它
一会儿，让它成形，把它提起而且
把那卵形小球体吐进
盛痰的玻璃杯，它整天立在那儿，
渐渐装满混合的球体，我会
把它倒空，它会再次装满，
并在餐桌上闪着微光，直到
房间似乎绕着它转，
有条不紊地，一个太阳系模型
绕着太阳旋转，
我父亲这老地球过去常常
躺在宇宙中心，如今
随着我们其他人转动
围绕着他的死，发光的玻璃杯
用来在餐桌上吐痰，那最后几口他的人生。

他的静默

医生对我父亲说,"您要求过我
无法医治时告诉您。 现在,这就是
我要告诉您的。"我父亲
一声不响地坐着,和往常一样,
特别的是目光呆滞。 我曾想
要是他知道他要死,他会咆哮,
挥舞着胳膊,大喊大叫。 他端正地坐着,
瘦而整洁,穿着干净的长袍,
像个圣人。 医生说,
"我们能做的是,或许延长您的时间,
但无法治好。"我父亲说,
"谢谢您。"便独自坐着,一动不动,
有着外国元首的尊严。
我坐在他身边。 这就是我的父亲。
他已知道自己终有一死。 我害怕他们将要
绑住他。 我已不记得
他曾一直静止不动,并保持安静地承受一切,

喝杯酒就能保持安静。 我不曾
了解他。 我父亲有尊严。 在他生命的
最后时刻, 他的生命开始
在我内心苏醒。

飞 升

突然，我父亲提起他的睡袍，我
掉过头去，但他大声呼喊
莎儿！ 我的昵称，于是我扭回头去看。
他正坐在用转动曲柄摇高了的床上，
把睡袍拉上去，围绕着他的颈脖，
以向我显示他减掉的体重。 我打量
他曾经结实红润的腹部，
我看见那皮肤变得松弛柔软
多毛的波纹般皱褶，
堆放在皱褶的池塘里，
垂落到下腹底部，
枯瘦的躯干，一个大块头男人
不久要没了。 立刻，
我看出他的屁股多么像我的，
那延长的、白色的角度，然后
他骨盆的形状多么像我女儿的，
一只有小室的蛾螺壳被掏空，

我看见皮肤皱褶像什么东西
倾倒出，一堆厚厚的面糊，我看见
他可怜的微笑，他向我展示他苍老的身体时
向上投射的目光，他知道
我会感兴趣，他知道我会发现他
有吸引力。 假如有人曾经告诉我
我坐在他身边，他会拉起睡袍，
我会看着他赤裸的身体，看着他的
粗大幼芽般的龟头、在所有那些稀疏
阴毛中的阳物，看着他，
在喜爱和不安的惊愕中，
我真不敢相信。 但现在我仍然能
看见细碎的雪花，洁白而且
夜色般发蓝，在升起时的棉睡袍上
——像死亡对我们应允的那样升起，
那面纱从我们眼里落下，我们会明白一切。

竞　赛

我赶到机场冲到服务台，
买了票，十分钟后，
他们通知我航班取消，医生们
曾说我父亲活不过晚上，
但航班取消了。一个满脸
茶褐色胡髭的年轻人告诉我，
另一条航线有直达飞机，
七分钟后起飞。看
电梯在那边，下到
一楼，右拐，你会
看见一辆黄色巴士，到第二
泛美航空公司终点站下车。我
奔跑，我这个没方向感的人，
恰好跑到他告诉我的地方，一条鱼
敏捷地滑行着
逆河流而上。我携带着那些
在五分钟里塞进所有东西的袋子，

跳下巴士，奔跑，袋子
左右摇摆着我，仿佛
证明我是在物质的要求下，
我跑向一个怀里抱着鲜花的男人，
我一直跑到尽头，我说
帮帮我。 他看着我的机票，他说
左转后向右，上扶梯，
再跑。 我缓慢吃力地移动在扶梯上，
在顶端看见走廊，
于是深吸一口气，我说
再见吧身体，再见吧舒适，
我用了我的双腿和心脏，仿佛我
很乐意为此耗尽它们，为了
在今生今世再次去抚摸他。 我奔跑，而那些
袋子碰撞着我，滚动和追逐
在歪斜的轨道上，我看过女人
奔跑的照片，她们的行李系在
手心抓住的丝巾上，我感激他
给我的长腿，我强健的
抛向它自己目标的心脏，
我奔向十七号登机口，他们正
升起那厚厚的白色菱形门，以把它

放进飞机的承接口。 像一个不太
富有的人，我侧过身去，
悄悄溜过针眼，然后
踏上红地毯走向父亲。 喷气式飞机
满了，人们的头发闪闪发亮，他们
微笑着，机舱内充满
金色脑内啡光芒的薄雾，
在莫大的安慰里，我像人们进入天堂时
一样哭泣。 我们轻轻地
从欧洲大陆一端起飞，
中途不停，直到在另一个大陆边缘
轻轻降落，我走进他的房间，
注视着他的胸部慢慢胀起
又再下陷，整夜
我守望着他呼吸。

疑　惑

当她打电话告诉我，父亲
今明两天就要死了，我沿着过道走，
觉得张口结舌，而且
眼神呆滞。 他头脑的行星
悬浮在我的婴儿床上，我不曾明白。
在湖里越过玛瑙串他的身体朝我走来，
他的胸毛升起像根须——
我见过我不曾明白。
他躺着，在斜面玻璃门后，在雕花的
水晶玻璃瓶旁——其未来的
碎片在垂直绑住的捆束中。
他背靠水池坐着，不交会我们的目光，
他的虹膜由某些浓缩的、黏性的
光滑物质构成，未被发现过。
他生病时，开始转向我们，
他沉落时，大放光芒。 我低下
我的嘴巴，朝着他脸膛的白花花的汤盘，

而他向我倾斜，一颗耀眼的
流星落进婴儿床，
而今他就要死了。 我沿着过道走，
跟它面对面，
仿佛它是高温。
我觉得像耶稣基督孩子们中的一个，
当星星落到屋顶的时候。
但我已经习惯了，站立在熟悉的
惊讶中。 要是我曾冒胆去想象
交易，我或许希望跟爱
所养育的人来交换位置，
但爱所养育的人将怎样
承受这样的死？

感　情

当实习生倾听停跳的心脏时
我盯着他，仿佛他或我
疯了，来自另一个世界，我
弄不懂手势语，我无法知晓，
顺着我父亲的遗体把睡衣推上去，
对一个陌生人意味着什么。
我的脸是湿的，我父亲的脸
有点潮，由于他一生的汗水，
辛苦劳作的最后一刻。
我斜靠着墙，在角落，而他
躺在床上，我俩都在做着什么，
在房间的其他人都信基督教上帝，
他们把我父亲叫做*床上的躯壳*，我是
在那儿唯一一个知道
他彻底走了，唯一一个
在那儿对他的遗体说再见，
那就是他曾经的全部，我抱住，紧紧

抱住他的脚，我想到因纽特长老
抱着死亡独木舟的船尾，我
让他慢慢地出去进入物质世界。
我感觉到在我嘴唇下他的嘴唇的
干燥，我觉得甚至我目光的
亲吻怎样感动了他在枕上的头，
就像在浅滩里似乎自己移动的东西，
我感觉到他头发的急流穿过我的手指，
像一条狼的，墙壁移动了，地板、
天花板旋转，仿佛我不是
在走出房间，而是房间
在我周围往后退。 我真想
留在他身边，骑在
他肩上，当他们开车送他去要火化他的地方，
看他平平安安地进入火中，
抚摸他温暖的骨灰，并让温暖通过我的手指
传到舌头。 第二天早晨，
我感觉到我丈夫的身体在我身上
甜蜜地压碎我，像一件重物沉重地放在某个
柔软的东西、某个水果上，拼命把我
留到这世界。 是的，眼泪涌出了

像果汁和水果里的糖——
果皮变薄，破了，裂开了，在这个地球上
有规律，我们依此而生。

他的骨灰

骨灰瓮沉重,很小但那么沉重,
像那时,他死前几周,
每当他要站起来,我就把肩膀
搁在他腋下,脸颊贴着
他裸露的长满斑点的温暖背部
这时她为他拿着尿壶——他失掉
他体重的一半,
然而他这么沉重,我们简直无法托住他,
当他撒尿时,噼里啪啦,
喷溅着,像湿柴烧的火。 骨灰瓮有
那六英尺的体重,我抱着它时,
它开始在我手中变得温暖,在
蓝色的冷杉树下,敲打着它。
铁锹从墓穴里挖出
最后一铲泥土——它必定也已发出那种
沙砾的、钢铁的噪音,当他们
从火化炉中刮出他的骨灰时——

其他人马上会来这儿，我
想要打开骨灰瓮，似乎那时
我终将了解他。 在潮湿的草坪上，
在覆盖着松香的松果下，我
打开瓮顶，它流出并滑落，
就在这儿，他生命的真实物质：
小小的，几块有斑点的骨头
像鸡蛋；骨头上一条褪色的曲线
像围绕着树枝生长的菌类、
有斑点的鹅卵石——而那斑点曾是他骨髓的通道，
在那里活的分子球
犹如靠自己的坚强意志漂游，
而每个细胞里的染色体
绷紧并闪烁，从它们自身撕裂
它们自身，留下它们灿烂的
复制品。 我看着这堆杂乱的碎骨
就像压碎的纸黄蜂巢：
那块是他手腕的骨头吗？ 那块是出自
他弯过的优雅的膝？ 那块是
他的下巴？ 那块是出自他的头脑壳，
出生时还是灵活的——我看着他，
这躺在瓮里的骨头和灰烬，铬似的

白，仿佛微微发亮的几圈灰尘，
土地留下它，当尘沙滚滚时，你能够
听见它滚过去时低沉的咆哮。

超越伤害

我父亲亡逝一周之后,
突然间我明白了
他对我的宠爱是安全的——没什么
能够触及它。 在最后一年里,
我进房间时他的脸有时候发光,
他妻子说,他半睡半醒时
听到她说我的名字就微笑了。 他尊重
我的勇气——当他们把我系到椅子上,那时,
他们在捆绑他尊重的人,而当他
几周不说话时,我是他
不在说的存在者之一,
在他生命中占有一席之地。 最后一周
他甚至说到它,一次,
出于口误。 我走进他的房间,说
"你好",而他回答,"我也
爱你。"从那时起,我有了
那个要失去的词。 直到

最后一刻，我可能犯了某种错误，冒犯了他，
用一张他年老的嘴巴的嫌恶，他可以
再次歪曲我的生活。 对此我没想过，
我正帮忙照料他，
擦拭他的脸，守望着他。
但当时，他死后一会儿，
我惊愕地，突然想到，如今他将永远
爱我，而我笑道——他死了，死了！

私生活

等待着地铁,朝下看着
列车驰骋的坑道,
我看见一段灰暗的铁轨分——
离自身,沿着压结实的泥沙
移动。 这是我多年来头一次
看见老鼠,起先我退后,但马上
想到我儿子的米老鼠,便探身向前。
这老鼠肌肉发达,死灰似的,
银色,肮脏而且乱蓬蓬。 你能看见
光线透过耳朵。 它沿着铁轨移动,它看上去
小心翼翼,土生土长的,天真无知。 回
家,坐在床上,我看见
一粒黄褐色止咳糖在床单的图案里开始
移动,当然,这是一只蟑螂,
它已经在所有其他大城市里生活,
在那些城市毁灭之前和之后。
天啊你们这些家伙,我对这些生物讲话,

我知道地球的板块位移
在液体的地核之上,我注视
波旁威士忌,然后是癌症
把我父亲拖下去,我知道这一切。 然后
蟑螂和老鼠转向我,
以动物自然的方式转身,而且它们
对我说,我们不是教育家,
我们从他那儿来你身边。

博物志

想到鳗鱼时，我就想到西雅图，
回到父亲墓地的那天。
我知道，我们埋葬了他的骨灰，
一只绒面盒，可是，当我走近时，
我觉得他的身体仿佛
被扔在那里，大块头，松垂的，
一条六英尺的琥珀色鳗鱼，被遗弃
在土堆深处。空气湿冷，
泛着青绿，像我们从动物园进入
古老水族馆时的空气。每当我们看见
肉食动物，我父亲会提议
把我喂给它——老虎，鳄鱼，
魔鬼鱼，而孤独的海鳗，
它会朝我们推起涟漪，无臂，
无腿，无唇，像恐怖的咧嘴笑。
你愿意要这个美味的姑娘吗，我父亲
会问鳗鱼，一个牧师

主持婚礼，*你愿意*
进到那儿跟那东西在一起吗，他会把我举到
厚厚的玻璃上，仿佛我靠自己的
尖叫的力量升起来。 后来，我会
经过起居室，看见他
睡着了，酩酊大醉，起伏着，懒洋洋，
冷漠。 而后在他的坟墓
非常相似——
光滑的墓碑，下面是压碎的
花朵般的骨灰，再往下，
像一个从高处跳下而哭泣的孩子，
伟大，从容，我父亲
终止的曲线。 身长对着身长，我躺在它上面，
睡了。

摆渡者

我父亲离世三年后,
他重返工作。失业
二十五年了,他非常高兴
又被雇用,准时
露面,不知疲倦的劳动者。他坐在
船头,亲切的舵手,转身
负重。他死了,但是能够
垂直地跪着,面向前方,
朝着彼岸。有人合上
他的嘴,这样他看起来更舒适,而不是
渴或大声叫唤,他的双眼
张开,虹膜下面,黑色线条
显示死亡。他很平静,
他很高兴被雇用,他再次入行,
他的新工作在我们之间是个笑话,而他
爱跟我开玩笑,他保持
一本正经。他等着,裸体的,

象牙制的船头雕像,
肋骨,乳头,嘴唇,一个枯瘦的
高个儿男人,当我带来人们
并把他们安放在船上,推开船送走他们时,
我父亲用竿撑他们过河
到对岸。 我们不说话,
他知道这不过是
我想摆脱的人,他们使我觉得
丑陋和害怕。 我放在心里不说,
不像你。 他了解那劳作
并热爱它。 当我把某人丢船上时,
他不回头看,他直接带他们
去阴间。 他想为我工作,
直到我死为止。 那时,他知道。 我将
来到他身边,进入他的船,
被带着渡河,然后伸出我宽大的
手给他,帮他上岸,我们将
像两个从未出生的人一样拥抱,
赤裸裸地,没有呼吸,然后,我们将
拉上大地黑暗的毛毯,直抵我们的下巴,并
一起休息,在工作日结束时。

我父亲死时我想要在场

我父亲死时我想要在场,
因为我想要看着他死——
并不仅仅是为了知道他,落
到地上,归于泥土,也不仅仅是
给他一个最后机会
给我什么东西,或抱住他老迈的
令人嫌恶的背。 整个夏天他呕吐,仿佛要
咳出他的整个食道,
无疑他的疼痛和悲伤曾令我满足,
然而我想要看到他死去,
不仅仅是为了看见没有灵魂出来
摆脱他的身体,没有带黏液的精灵鬼怪
从他的嘴巴
跳出,
证明在世上身体才是我们所拥有的一切,
我想要看着我父亲死去,
因为我恨他。 啊,我爱他,

我的双手爱护他,为他伸出来,
但我曾那么害怕他,他仿佛死人躺在
沙发上,似乎要用拳头猛揍我,一个夏娃
他夺去了,而且压回成黏土,
粗率的拇指毁灭着那孩子的
颧骨眼窝肋骨骨盆踝关节,
而今,我注视着他被毁灭,
我内心有人得意洋洋,
那人躺在他躺的地方,在印花布的
伊甸园里,某个僵尸女孩,螺旋形的,像一个
他的波旁威士忌开瓶器,微笑着。
刚好牧师被召到那个房间,
他缎带的紫罗兰河流,
刚好在那肉体之岸上垂下,
死者女儿就在那儿被造出,说得好:
交给别人胜于在我们的手上,
我们托付这个灵魂。

废物奏鸣曲

我想在某一时刻我曾看着父亲，
认为他完全是狗屎。 我何曾知道
父亲们找孩子们谈话，
吻他们吗？ 我老早就知道。 我看见了他并评
判他。
无论他灌给我妈妈什么东西，
她都厌恶，她的脸起了瘦翅膀似的
皱褶，有时，她碰巧靠近他时，
那灌进他体内的酒精
却放倒他，扭歪这活生生的树，
一圈圈纹理开始变成骰子、
石头、粪渣，他是一堆狗屎，
但我觉得，他厌恶成为一堆狗屎，
他从未想象过竟然会这样，这种酩酊大醉的
沉睡是施放在他身上的符咒——
我妈妈施放的。 好吧，我留给他们
谁对谁做什么的激情，曾经

一个婴儿被压在他们正打着滚儿的床上,
但我不能怀着对他的憎恨而生活。
我没看出我必须如此。 我站
在起居室,看见他打磕睡
像一个王子,有伤感之美,我开始
认为他就是某种酒杯,
一个圣杯,他的爱是追求的目标,
对! 他是爱的上帝,
而我是狗屎! 我俯视我的小臂——
无论里面是什么
都不好,这是白人的臭味,
腐坏的吗哪①。 我照镜子,而且
盯着我的脸时,污点
出现,像应着巫婆召唤
冒出地面的猪。 我感到奇怪,
我的体味芳香,这证明我
恶魔似的,但至少我呼出,
来自酸臭的令人头昏的浮渣里面,
我父亲的真理。 好吧,这是玩笑话,
我喜欢卑鄙的说法。 我已学会

---

① 古以色列人在经过荒野时所得的天赐食粮。

从谈论痛苦中获得一些愉悦。
除了去死,像这样。 去变老和死,
一个孩子,对她自己撒谎。
我父亲不是一堆狗屎。 他是个
落魄一生的人。 他不省人事地躺在那儿时,
也鲜有粪便穿过他——
有时我不让自己说
我爱过他,不再,但我觉得
我几乎爱那些穿过他的粪,
匀称的,那些废弃的胎儿,
我的母亲、姐妹、兄弟,还有
在那座炼狱中的我。

源泉

一九四二年,加利福尼亚,日裔美国人农舍

任何人认为值得拿的东西,
都被拿走了。 楼梯倾斜,
散落着卷曲的梧桐叶,
像内陆岩里的菊石。
木头透过门框上的油漆露出,
而门敞开——空荡荡的房间,
阳光在地板上。 门廊里
留下的全部家当,是一个阿尔伯特
速溶燕麦片的纸板空圆筒
和一台缝纫机——它那外星人的
脑袋低垂,弯曲的脖颈
闪亮。 我出生了,那天,在那附近,
在愚昧之人的战争时期。

谋杀我妹妹的鱼

我捡到一只角斗士肩形瓶，
在它有抽褶的灰白塑料里面
是阿摩尼亚，比水更强有力，刺鼻——
我倒出一块，闪闪发光的妖怪，
倒进盛有我妹妹金鱼的碗，
只因为它们是活的，而且她喜欢它们。
那是在地下室，靠近镀锌水槽
和烫衣板，紧挨锅炉，
在对着地窖酒吧的门旁边，从这里，
我能够进入屋角下的窄小空间，
仰躺在泥地上，像昏倒了似的。
我可能顺道去了那里，
当我看见碗，看见阿摩尼亚卷曲起来，
一会儿在空气中散发出像烈酒的味道，我就爬上去，
在地板托梁下，进入泥土向上拐弯处的
切角，我躺在那儿，

在泥土尽头，似乎毫不
后悔，似乎把很久以前
我设想过的某事付诸实施
业已完成。

克里科瑞安太太

她救了我。 当我上六年级时，
是出名的罪犯，新老师
要我第一天放学后留下，她说
我听说过你。 她是一个高个儿女人，
两乳之间有条深深的裂缝，
有沉着的大鼻子。 她说，
这是一张特别的图书馆出入证。
你一完成课时作业——
课时作业花了十分钟
那时魔鬼扫了一眼房间
发现我空闲，一间屋子始终敞开着——
你就可以去图书馆。 每小时
我会快速突击完成作业，从座位
溜走，就像溜出上帝身边，驶向
图书馆，放单飞穿过空旷
宏伟的走廊，亮出我的出入证，
溜达到辞典前，

查阅我知道的最有趣的词儿,
啪的一声,把两手指伸进
装糨糊的广口瓶,
吮吸那酸味的胶水,当我
来到有可卡犬①的书页前时
其绸面卷曲着如人体细微的蒸汽。
拍巴掌和胸脯后,我会往前
走向亚伯·林肯和海伦·凯勒,
在他们的和善里平平安安,直到铃响,谢谢
克里科瑞安太太,和蔼可亲、有着慈祥
眼神的女巨人。 当她要我写一出戏
并导演它时,那是个失败,而我
躲在外套壁橱里,她拿给我一根新潮手杖,
就像你放一点薄荷糖在舌头上,那蠕虫
会从肠道里出来要得到它。
因此我清空了撒旦,
填满学校糨糊、性欲

---

① 一种英国的小猎犬,特点是短腿、长毛、垂耳。

和阿梅莉亚·埃尔哈特①，被克里科瑞安太太拯
救了。

而谁拯救了克里科瑞安太太？

当土耳其人出现在亚美尼亚，谁

让她滑进棉被的腹部，谁

把她锁进衣柜里，谁把她邮寄到美国？

而那个人，曾救过她，还有那个人——

也曾救过她，来救那个救了

克里科瑞安太太的人，也曾

站在六年级的窗台上，一个

大屁股天使，烟似的头发

没有重量，站立在她的头周围吗？

我结算了我对那么多人、对亚美尼亚国家

欠债的灵魂，还多一个

某人困在火炉后面，畜群

深陷进墙里的裂缝，

---

① 阿梅莉亚·埃尔哈特（Amelia Earhart，1897年7月24日—1937年7月2日失踪，1939年1月5日被宣布逝世）是一位著名的美国女性飞行员和女权运动者。埃尔哈特是第一位获得十字飞行荣誉勋章的女飞行员、第一位独自飞越大西洋的女飞行员。她还创了许多其他纪录，她记录自己飞行经历的书非常畅销。她帮助建立了一个女飞行员组织。1937年，当她尝试全球首次环球飞行时，在飞越太平洋期间神秘失踪。直到现在，她的生活、生涯一直让人神往，她的失踪也一直有人探究。

在床下推挤的灵魂。 我会醒来，
早晨，在床下——不
知道我怎么到了那儿——而且躺在
尘土中，我脸边的灰尘球
圆滚滚，灰暗，微微闪烁，
伴随着可怕的舒适，这既不好也不邪恶。

青春期

想到我的青春期,就想起
那家破烂旅馆的卫生间,
在旧金山,我的男朋友曾带我去的地方。
我从没见过像那样的卫生间——没有窗帘,没有毛巾,
没有镜子,只一个水槽因污垢而发绿,还有一只马桶
发黄而且有铁锈色——像科学实验中的东西,
在盆里培育着黑死病。
那时,性仍是一种罪孽,
我签名登记离开学院宿舍,
去一个错误的目的地,用假名
登记进廉价旅馆,
沿着走廊去一个卫生间
并把自己锁在里面。 而我没能学会把
子宫帽放进去,我想把它装饰得
像一块蛋糕,带着闪闪发光的杀精剂,

而弯下身，它就要从我手指里跳出
并飘走，进入角落，降落
在一块老鼠窝般凹陷的洼地里，
我想弯下腰，拔掉并冲走它，
把它冲下到那易碎的圆顶，
我让它再次结霜，直到它微微发亮，
并使它弯成可拉伸的弧，而它
要飞过天空，边缘嗡嗡作响
像土星环，我想弓下身爬着去找回它，
当我想到在十八岁时，
那是我看见的，那有边沿的圆盘
飘过天空然后降落，我看见自己
跪下并伸着手，伸手去抓我自己的人生。

一九六八年五月

当院长说在学生们离开建筑物之前
我们不能穿过校园时,
我们躺下,在街上,
我们说警察将跨过我们
进入这座大门。仰躺在鹅卵石上,
我看见出自脏污的水平面的
纽约的楼宇,它们升高
而后停止,截断——在它们之上,是天空,
岛屿上方夜晚的天空。
骑警移动,在我们附近,
而我们唱歌,然后我开始数数,
12,13,14,15,
我重数,15,16,从在荒废的海滩上
那天起正好一个月,
17,18,我不由自主地张口结舌,
我的头发在街上,
要是我的月经今晚不来,

我就怀孕了。 我可以看见巡警的
鞋底，那阉马腹部，它的生殖器——
要是他们对我实行"女性拘留"，并
给我做测试，那窥视镜，
那手指——我盯着马尾巴
像扫帚星的尾部。 整个星期，我想着
被逮捕的事情，一半想
自我放弃。 在焦油上——
一个大脑在我头部，另一个，
在形成中，靠近我的尾根——
我看着马的马蹄铁，
它腹部的曲线，警官的
警棍，建筑物向上涌动着
离开大地。 我知道我应该起来
并走开，但我躺在那儿看着我们之上的
太空，直到暮色变得深蓝，然后
变灰，无色，给我这样一个
夜晚，我想，而我将给这个孩子
我的余生，那些马的脑袋，
这时候，低垂着，下降着，直到
它们入睡在环绕我身体和我女儿的圆圈里。

给新生儿洗澡

我爱带着一种几乎可怕的爱
去回忆我给他第一次洗澡,
他是第二个孩子,我知道怎么做,
我把他小不点的躯体
顺着我的左前臂放下,后颈脖
在我的肘弯,屁股差不多像
最小的燕鸥尾巴那么小
靠着我的手腕,大腿被松松地
握在拇指和食指的环里,这表示
方法得当。 我会给他打肥皂,
那紫色的、冰凉的脚,那阴囊有皱
像起伏的青春痘,那胸脯、
双手、锁骨、咽喉、黏乎乎
荆豆似的头皮。 当我给他打了太多肥皂时,
他会在我的紧握中滑动,像一抱涂奶油的
面条,但我会不太紧地抱住他,
我觉得我是对他好,

我会对他说他的身体美妙极了，
还有这肥皂美妙极了，而他会朝上看着我，
一周龄，他的眼睛仍然很大
而且疑惧。 我爱那个时候，
当你对他们低哼而又低哼，你能看见
安静慢慢地进入他们，你能
在你扣住的手里感觉到它，
那松松的脊柱贴着你前臂的肌肉
放松着，你觉得恐惧
在离开他们的身体，他躺在蓝色
椭圆形塑料婴儿浴盆里，
惊奇地看着我，开始
在水中随意动弹他柔滑的四肢。

四十一岁,孤零零的,没有沙鼠了

在奇怪的安静中,我意识到
没有其他人在屋里。 没有獠牙大嘴
猛吸不锈钢的奶头,没有多毛怪物
在跑步机上跑——
查理死了,那最后一个孩子们的半个孩子。
当女儿发现他躺在刨花里,往后变成
奇形怪状,从一个活生生的躯体
变成一卷啮齿类的食物时,
她反悔早做妈妈,
继续单身,无所事事。 "咸饼干",
"绒毛","椒盐卷饼","小点心"①,查理,
埋在我们买的老农庄上,
在那里她可以了解自然。 好吧,现在她了解了它,

---

① "咸饼干"、"绒毛"、"椒盐卷饼"、"小点心"均为主人给沙鼠取的名字。

而它很糟糕。她很爱动物、手机
和穷人，已经变得呆板而漠然，
她不会再收养了，虽然她还不能
有孩子，她的身体
像一张给女人身体设计的蓝图，
所以现在一切停止，暂时，
现在我必须要等很多年，
才能在这房屋里再次听见
幼小动物微弱而有力的叫喊。

物理学

她的第一个拼图有三块，她拿了最后一块，
打开它，在屋里面铺下，像一个窨井盖，
与街道齐平。 这框架的底部像
僵硬的毛皮，外层粗毛从毛皮
伸出。 我在地板上竖立一个，并在它周围
一块块摊开。 想到《小红帽》①的
红帽令我叹息，
独特、鲜红、突出的一块，好久
以前我见过她。 后来，黑豹队，
五百块，而一个天使报喜节，
一千块，我们会盯着，支着肘，
看它的缺口。 现在她告诉我，
要是我在一座二十英尺的谷仓里坐着，
门在另一边敞开，

---

① 格林童话故事之一；2005 年上映的动画电影，柯瑞·爱德华执导。

而一架五十英尺的梯子以光速
穿过谷仓,在那里将会有一刻
——之后最后的梯级是在谷仓里面,
之前第一个梯级露出在另一边——
整个五十英尺的梯子都在
二十英尺的谷仓里面,我信服了她,
我想到就像那样,她的生活是在我的生活里面。当她
读大学手册时,我掉转目光并哼哼。 我还未
长大,我作为我女儿的妈妈活着,就像作为
我妈妈的女儿那样活着,在她的生活里。 我
还未出生呢。

我儿子这男人

突然他的肩膀变得非常宽,
就像人们给霍迪尼①戴上镣铐时
他伸展身体的样子。 从我
帮他穿睡衣、引导他的小腿
进入阴暗的内部、给他拉上拉链,
把他向上抛又接住他至今,似乎
是一会儿工夫。 我不能想象他
不再是孩子,而且我知道我必须做好准备,
克服我对男人的恐惧——如今我儿子
正在成为男人。 这不曾是
我心里想有的,当他经由我用力长高时,
就像被封冻的树干突破哈德逊河冰层,
啪的折断挂锁,拖曳着链子,

---

① 哈里·霍迪尼（1874-1926）,男,生于匈牙利布达佩斯,犹太人,是世界上最著名的魔术师,享誉国际的脱逃艺术家,能不可思议的自绳索、脚镣及手铐中脱困,他同时也是以魔术方法戳穿所谓"通灵术"的反伪科学先驱。

出现在我的怀抱中，是我曾一直想要的，
我的儿子这婴孩。 此刻他盯着我，
像霍迪尼探究箱子那样
学会出逃，然后微笑，并让自己被戴上手铐。

第一件晚礼服

她在抹胸之上站起来,她水灵灵的肉体像灵魂
半已出窍。
这令我想起她一周龄时,柔软,
精致,受了惊吓,孤零零的。
她非常安静地站立,仿佛,要是她动弹,
她的身体会从紧身胸衣里袅袅上升,
她走路时保持稳定的凝视,
抬高着,完全向前看,
由抹胸的雷达,或是用
以完美水平托住、满溢的罩杯引导,她的
几乎令人眩晕的美有点儿
光彩夺目。 她看上去勇敢,肩膀
由某些格外醒目的元素构成,
或犹如某些她的细胞,今晚,
是多层面的,如一只蝇眼,而她的皮肤
正看着我们看它。 她看起来
策划了这一刻,然而疲倦——她要躺在

她的婴儿床里,那么轻盈,因她的旅行而精疲力竭,
凝视着世界和有暧昧意愿的我们。

高中生

十七年了,夜里她的呼吸,
在房屋里膨胀,膨胀,像夏天的
积雨云在床上方,
头皮散发着杏子的味道
——这在我体内形成的生命,
蜷伏着,像一只黑暗里闪亮的树蛙,
像一匹始祖马,她从历史里慢慢地
出来,通过我,进入日光,
我曾每天看着她,
像食物或空气,她在那里,像一个妈妈。
我说"大学",但我觉得似乎难以解释
她上大学和永远分离的不同——我试着去看
这所没有她的房屋,没有她纯洁的
感情的深度,没有她棕色小溪般的
头发,她手指尖细的灵巧双手,
她的黄缘蛱蝶翅膀似的乌黑瞳孔,
但我不能。 十七年前,

在这个房间，她进入我体内，
我看着河流，我无法想象
跟她一起的生活。 我盯着街道对面，
看见在冰冷的冬日阳光里，
一股水蒸气离开大地向上冲去。
有些动物，孩子们出生时飘走，
而那些亲口喂养幼崽
几周的，之后永远见不到它们了。 我的女儿
是自由的，她在我心中——不，我对
她的爱在我心中，进入我的心脏，
变换着心室，像某些东西涌流
从一只手到另一只手，称量，而后再称量。

儿科医生退休

这是拱门,我站在那儿,紧挨着

毛玻璃隔板,当他们告诉我

有可能是癫痫时,几乎

在我感到沮丧之前,

我觉得一层新生成的膜似的东西笼罩

并包裹住我的意志,刹那间,

仿佛这身体关心

关心孩子的父母。 这是门

我们每周经过,直到症状慢慢

消退为止。 那是水果秤,在那儿她

称过他,而他的双臂朝两侧摆动

在一种婴儿的摩洛①语里。 那儿有椅子,

一个人跟有传染性的患者们坐在一起,

这三岁的孩子正沉着地喘气,既不

---

① 居住在菲律宾南部的伊斯兰化马来人,又被称为摩洛人。

倦怠也不害怕,沉着的工作者们,
拖着呼吸穿过狭隘的走廊,
是的,她说,这是支气管炎
和哮喘,跟上月相同,父母的
心脏突然更强健了,像举重者
练过的肌肉。 那儿是
她抽取他的血的房间,他看着那小瓶注满,他的脸
越来越青,然后晕倒了,而她说,
下次不要逞好汉,下一次
喊叫! 还有这儿是我坐过的椅子,她
说要是神经死了,他将只是失去
手的局部功能,而这是
左手——他是惯用右手的,对吗?
这束缚,这对心脏的三倍捆绑。
这是房间我曾坐在那儿,担心,
打开杂志,看见
在亚洲的战争,一个非常年轻的士兵
被吊死——还是孩子,几乎,
不比在候诊室里最大的孩子
大多少。 突然间墙壁似乎
不完全真实了,仿佛我们全都

一起在某个大地方。
就是在那里,我学会我知道的,
这身体大学——
毕业时,我们会哭,而且
把半夜四点天花板的帽子高高抛到空中,
但我想直到生命终结我们都在这儿。

夏日午夜

我们决不可能真心说这像什么样子,
这个钟点一起喝酒,
在炎热的夏夜,在起居室,
窗户敞开,穿着内衣,
我的饰有淡金色长臂猿猴的裤子
在炎热里闪闪发光。 我们谈到
在松树枝之间消失的儿子,
我们说不清蝶蛹或树枝
曾是什么以及它曾是什么。 酒
是烈性的,每一口保留
一会儿它的琥珀色玛瑙形态,
我想到我父亲死前一小时
在他前额抿到的汗水。 我们谈到
那些最后的日子——我在等着他死。
你躺在沙发上,你的衬裤
透亮的白色,你的手静静地
放松,贴着下体边缘,

我们谈到你父亲的病，
你的乳头像某个完全圆形的
东西在你的胸部变得明显。
纵然我们想要，
我们不能描述它，
第二杯快喝完时我间或哭泣，而你
开始昏昏欲睡——我喜欢跟你
一起喝和哭，然后在一个熟睡的男人跟前
终止啜泣，你的
长身子占满沙发，而且
手脚有些懒散地伸过两头，那
未经训练的、你鼾声的温柔之歌，令人难以忍受。
是的，我们知道将做爱，但我们
既不是准备，
也不是我们忘却了，
爱仅仅是我们的环境，
这是夏夜，我们身在其中。

真　爱

午夜，当我们做爱后
起身，我们完全友好地
互相看着，我们完全清楚
另一个人一直在做什么。彼此绑在一起
像登山者下山，
用产房的带子绑着，
我们沿着过道晃荡到浴室，我几乎
不能走，蹒跚着穿过颗粒状
没有影子的空气，我眼睛闭着
也知道你在哪里，我们被巨大而无形的线
捆绑在一起，我们的性
缄默了，精疲力竭，压碎了，整个
身体——个性——确实，这是
我人生中最幸福的时刻，
孩子们在他们的床上睡熟了，各自的命运
像一条永久的矿脉
尚未发现。夜里

我坐在马桶上,你在房间的某处,
我打开窗,雪已落在
陡峭的沙堆上,挡着窗格,我
仰望着,凝视它,
一道冰冷的水晶墙,寂静
而闪亮,我悄悄地呼唤你
你来握住我的手,我说
它挡住了我的视线,它挡住了我的视线。

血、罐头、稻草

诺　言

又要了一杯，在餐馆，
在空荡荡的餐桌上手握着手，
我们旧调重弹，重申要杀死
对方的诺言。 你喝着杜松子酒，
夜色之蓝的杜松子
融入你的体内，我在抽烟，
品味着它芳香的灰和烟，我们
是在摄取泥土，我们已经半是土壤了，
而无论在哪儿，我们也在
床上，准备妥当，赤裸裸地，
彼此贴紧，半已昏迷，
做爱之后，来回漂流着
穿越意识的边界，
我们的身体有浮力，紧抱着。 你的手
绷紧在餐桌上。 你有点儿害怕
我临阵脱逃。 你不想要的是
中风之后常年躺在

医院的床上，不能
思考或死，你不想要
被绑在椅子上，像你古板的祖母，
诅咒着。 在我们周围房间昏暗，
象牙色地球仪，粉红窗帘
半腰里束起——而且外面，
升起夏日的薄暮，
失重、发光。 要是你认为
我不会杀死你，我就告诉你你不
了解我。 想想我们已怎样一起漂浮，
四目相视，乳头紧贴，
性器对性器，一个动物的两半
上浮到实体的嘴唇前，
而且超越它——你知道我来自那明亮的
血迹斑斑的产房，要是一头狮子
把你咬在嘴里，我会攻击它，
要是捆绑着你灵魂的绳索
是你自己的手腕，我会砍断它。

那　天

那痛苦不强烈。 腰带
柔软，它的棉质坚硬，像一条绷带
把我的手腕绑到椅子后
仿佛它在治愈我。 而这椅座上的
锐利而光滑的线织物
把我勒出深红色印痕，但我
习惯于那样，我喜欢那样——
事物能够给我们打上标志，
而其标志终将消散。 那天，无人碰过我，
那是循规蹈矩的一日，神经放松
在地板似的老套里。 饥饿感增加了然而
安静、迟钝，一种乳兽在我腹内
加倍增长，那是安静的一日
以其自然规律慢慢展开。 只有愉悦是
强烈的——倾斜的黑瓶
在他们的床上方，那墨水自己
落到床单的样子，我能够

感觉到它黑暗精灵的形状

离开我的胸部,向前倾倒着,而且那是

印度墨水,不出来的那种,

我坐着系在椅子上,像达芙妮①

半在树外,而我阅读那弩箭。

我整天读它,像一个南希·朱尔②,

我在里面——他们说过*你不说对不起*

就不给你吃的,我不可思议地快乐,我决不

会说对不起,我把那种生活

丢在了身后。因此她慢慢进来时

并不令我惊讶,端着盛有

摇过和蒸过的东西的碗,她坐下

默默地,用勺喂我,温热的

字母型花片汤。强烈的愉悦

是我垂在身后、翼尖般的双手

松开,当我吃的时候,强烈的愉悦

是小学校可食用的字母流动着

在我的味蕾之上,B,

O,F,K,G,I

―――――――

① 希腊神话中的月桂女神。

② 美国 20 世纪 60 年代的《南茜·朱尔》侦探系列故事中的主人公。

捣碎 C 的新月,
亲吻 E, 用我的舌尖读着
那种软化的盲文——而她差不多跪对着我,
我不抱歉。 她在喂一个
不抱歉的人, 就像你在一个肖像的脚边
放食物。 我坐在那儿, 被绑着,
我吃的时候, 接受她的给予
并广泛地阅读, S S F
T, L W B B P Q
B, 她把温和的、不调和的食物
舀进我的嘴巴——她想要我茁壮成长, 而且解释。

随后的惩罚是跟我完事了

随后的惩罚是跟我完事了,
随后我会重新穿上衣服,我会
回去我的房间,关门,
转来转去,有时
直立在地板上,总是靠近踢脚板,
在那儿垂直落下的墙壁与
地板的水平尺交会——我会
挨着那个角埋下脸,盯着尘埃
和被困在尘埃里的任何东西。 我会看见
老式淑女头发的结婚花饰——
雕刻在纪念碑花岗岩上的门帘盒——还有
蜕落的蚕茧像微小的高洁丝
在卫生纸中缠绕交织,
我会看见来源不明的一大堆尘埃,仿佛
从墨索里尼上方一英里
俯视纳沃那广场,我会看见
一个幼虫盒,黄金做的腰封

细如一只可怜的金婚戒,
还有一只黄蜂干瘪的胸腔和腿,缠绕着用我妈妈的毛发
做成的爱情指环,我会看见
瓢虫背上珊瑚似的褐红色
——标志着其中两种夜晚基因,
我会看见一只苍蝇蜷缩着,干瘪了,
它的翅膀像兔或鹿的耳朵。
我会安静地躺下看着它们,
在那儿跟它们一起是这样平和,
我一点也不害怕它们,
而且我的悲哀对于它们无关紧要。
我会看着每个线头
而且半已想象成为它,
我会觉得我是从遥远的距离
凝视着宇宙。
有时我会拾起德累斯顿苍蝇,
凑近盯着它,有时我会无所事事地
过家家,用微型世界的婚礼
和葬礼,用有刺的身体部位、
可怕的生育,但我不想
去扰乱那无过失的死寂,

像一种仁慈，不潮湿的角落
灰暗的废物，没有什么人类
要找的东西。 没有欲望和愤怒，
我会守望那尘埃的天堂，如同痛苦
在我的物质死亡时，转化为灵魂，
而且漫游过家中的云世界，
这地球的废墟。

地球是什么

地球是一个无家可归的人。 或者
地球的家是大气层。
或者大气层是地球的衣服,
一层层,地球穿着它所有的一切,
地球是一个无家可归的人。
或者大气层是地球的茧,
这是它给自己做的茧,地球是一只幼虫。
或者大气层是地球的皮肤——
地球,和大气层,一个
无家可归的人。 或者它的轨道是地球的
家,或者轨道的路线只是地球
一个无家可归的人的一条路线。
或者地球轨道的槽是地狱的一个
圆圈,无家可归的圆圈。 但地球
有一个位置,围绕着火,我们恒星的
灶台,地球在家,地球
是无家可归者的家。 给予食物、温暖、

庇护所，还有健康，他们有地球以及火、
空气和水，作为家它们有
构成它们的元素，仿佛
每个无家可归者是牛奶和谷物
构成的地球，像刻瑞斯①，和一个
能够吃自己的人——仿佛家
曾是上帝，他能够吃地球，一个上帝
无家可归。

---

① 希腊神话中的大地和丰收女神。

离 岛

夏天最后的早晨，码头上，
一个父亲在船里低处的小卖部
给其他人拿早餐。 *喂，让我喝点儿
妈妈的咖啡，这样就不那么满，
好给你去送，*他对他的儿子，
一个十岁或十一岁的男孩说。 船
停泊在水里，越来越低，仿佛最后的
车辆继续行驶，它倾斜巨大的
灰甲板，像扁平的世界。 然后尖叫
开始了，*我拿着四件东西，
而我只给你一件，你掉了它，
你是什么，一个婴儿吗？* 一个高声的男性的
尖叫，叫个不停，*你们俩？
你是一个婴儿吗？ 我给你一件东西，*
这一刻房间里似乎没人移动，
地板上摆放着蒸汽池，小小的海
有着它自己的波浪，男孩

在它岸边。 *你就不能把事情
做好吗？ 你们俩？ 你们俩？* 那父亲
尖锐的叫喊声。 *走开
上你妈妈跟前去，从这里滚出去——*
乘务长擦着地板，男孩
一动不动地站在第一句话触动他的地方，
我难以走过他，我停下
来说，*我把咖啡洒到甲板上了，最后的差错，
发生在我们大家身上。* 他转向我，
他的嘴唇外翻，所以牙龈隐约闪现，
他发出咽喉的嘘声，而且用一个
像是咕噜姆①或驱魔人②女孩的声音——她
制造呕吐的溪流并笔直地射出八英尺远
射进教长的嘴巴
他说，*住口，住口，住口*，仿佛
卫护着他的爸爸，从他身上剥离着
薄薄的仇恨的翅膀，并紧紧地包裹着
父与子，包庇着他们。

---

① 《指环王》的怪物，在得到魔戒后嗓子里经常发出的古怪声音，他的族人随之这样称呼他。
② 这里指美国电影《驱魔人》。

介 词

我刚读初中时，我以为
也许我一辈子有行为
问题，约翰·缪尔语法书
那诞生地，是坏种子床，但
在威拉德第一个早晨，
七年级第一课，他们就递给我
一张有四十五个介词的表，
要背诵。 我站在天井里，
封闭的花园糊上了水泥，
我的同学们沿着那排拱门
上下翻滚，上下翻滚，像
阿尔法波，*到处，在上方，*
*越过，顺着，在中间，围绕，*一种
古怪的舒适开始了，在我内心，
之前，之后，在下面，在下方，
*在旁边，在中间，*我站在那砂岩
广场里，开始变得驯服。 *往下，*

今后，在里面，融入，靠近，我
就在那儿，注视着摩尔式的半圆
升起、落下。断开，
向，在之上，离去，在外面，我们
全城的六年级头一回相见，
白人网球俱乐部的男孩们
没对我说话，白痴呆们
说了，黑人学生委员会的家伙们
目光移开，在我头顶上方，而
游手好闲的黑胖子，走过，
突然间弹一下我胸前的运动衫，我认为羞辱
了我，
越过，过后，自从，穿过，
那是我父亲半夜回家的那年，
他脸上的血如粗大的蚯蚓，
雅致的淤血似三叶虫、飞檐，
松垮的腰部失了形，
直到，向，朝着，在之下，那
我子宫盘绕的线条，
形状美观，如连结的水蛭一样猩红
伤口附着于父亲的脸，在
面具中，不像，直到，朝上，我会

走，日以继夜，进入
一连串禁宫的伊甸园，在那里
万物有一个位置。 我是
在涉及，接近，和，而当我
四十五岁，我可以重新开始，
再次拉下列表的头巾
盖住我脑袋。 那是我脑子得到
第一次休息。 我的一瞥会慢慢扫视
平静的心电图般的土砖回廊，
在之内，在之外，我会重复祈祷我会
接受，宇宙中一个位置，
除了一个位置、一个精确位置毫无意义——
电报，伍尔西，科尔比，拉塞尔——
伯克利，一九五六年，
十四岁，那童年时代的破灭，记忆的开始。

一九五四

那时泥土令我害怕,那被他盖到
她脸上的泥土。 她的少女胸罩
令我害怕——早晨和晚间的新闻,
一直都在说,少女胸罩,
就像它的罩杯曾经唤醒
那乳房——他把她埋葬于其中,
也许他一直都懒得将其脱掉。
他们发现了她的内衣裤
在一个垃圾桶里。 而我害怕湿疹
这个词,就像我的粉刺就像
纸上的"×"标识着她的身体,
就像他杀死她是因她不完美。
我害怕他的名字,伯顿·艾伯特,
其名也可作姓,
就像他不是一个具体的人。
没有人能从他脸上看出什么。
他的脸呆板而普通,

打消了我以为能在其上猜到
罪恶的念头。他看上去瘦弱而孤独,
那令人恐惧,他看起来近乎谦恭。
我感到畏怯,泥土如此没有人味,
可惜那副少女胸罩,
可怜而又惧怕湿疹。
我再也不敢坐在我母亲的
电热毯上了,我开始害怕
电流——
好人们,父母亲,打算
把他下油锅炸死。这就是
他的父母曾经告诉我们的:
伯顿·艾伯特,伯顿·艾伯特,
人的死神,地球家园的死神。
最糟糕的事情是想起她,
那曾经是她的一个人,活生生,
行走过,活生生,进入小屋子,
看透那些眼睛,而知晓人类。

夏日凉风

（给约瑟夫·戴维斯·吉尔伯特）

你对我说了很多你小妹妹的事儿，
丽贝卡，又名瑞巴贝克卡，
而你了解我，如同我的小妹妹，
十四岁，一朵迟开的花，不漂亮，你对我说
你的家庭，你梦见切开一张密纹唱片，
你爱上了那些青少年和大二生，或她们
爱上了你，或许你跟她们睡过了——她们
是白人，就像我，但你叫我莎莉·科布小姐，
夏日凉风小姐。
你不介意我爱上了你，你是高年级班长。
而且你会跟我跳舞，天文学家
指给我星星
子宫口般的明亮，我们跳舞时它变得
精确地朝着我，遥远地在我内心
在夜晚的天空。 你会跟我一起泊车，
你会温柔地把我的手拉到你面前，

你曾怜悯我,和你自己。 当你要在我的毛线衣下
向上滑动你的手,
我的嘴巴会张开,但我会阻止你,而你会
说,相当天真地,保护你神圣的
童贞吗? 我会说是的,
我可以一直对你说实话。
当白人警察在你的近旁打断舞蹈,
你的朋友们拼命把我们弄到看不见的
后台,假如警察看见我们在一起,
他们会伤害人。 我们蜷伏在一道树篱后面,
我开始去理解
你比我缺少安全。 蹲着
低声说着话,我明白,仿佛
我们身体的弯曲是在教我,
大家反对你——我称之为大家的人,
白种男人
和白种女人,成人,瞎子
和聋子。 当你死去时,你的密纹唱片切开了,
你曾跟你邻里的美人结婚,
当你带着你的白种情人去海岸公路,
迎着海洋的风,

你的豹牌翻车了,着了火,
我知道我的双手不曾摆脱你的
血,哥哥——丽贝卡的哥哥。

支持又反对知识

（为赫丽斯塔·麦考利夫而作）

她出了什么事？ 既然是她，

她看见了什么？ 被捆绑，

向后倾斜，所以她的背朝着

她正在离去的地球，感觉到重力

用巨大的手掌压她，使得她

在轰鸣中激动地哭了，而且

在刹那间含泪一瞥的镜头里

有个着火的碟？ 要是她是我们的女儿，

我会想一想，她怎样死去，

被撕裂，被烧伤——像我

对我们女儿生命的最初几秒

感到奇怪那样，当她是一个细胞

一个恰好进入的细胞时，她在我体内

悬挂于灰色液态的球中，没有神经，

没有眼睛或记忆，那就是

她，我爱她。 所以我想让她慢慢

落下，而且耗费每个毫秒
接纳她，在每个时间点，
在我心灵的怀抱中——最初、最终的
冲击，仿佛上帝对她的大脑
摸一拇指又出去了，如同安乐死，
然后，当它不再是她时，
火焰出现了——当我们焚烧我的父亲时
他离开了他自己。那时纷繁的花
被解开并跳跃，她蒸发了
退回到细胞水平。而精神——
我从未弄明白精神，
我所知道的一切是它形成的形状，
这肉体摇曳的火焰。那些
了解精神的人可以告诉你
她在哪里，以及为什么。我想要
做的，是去寻找每个细胞。
让它溜出鱼的嘴巴、
树上的灰烬、你眼中的煤烟，
在她进入我们生活的地方，我想要
倒回去播放它，燃烧肉体的七巧板
被吸进百万颗星星
去相会，在天空中，沸腾的金属

一起
飞回，变冷。
牵引那火箭稳稳当当
落回地球，打开舱口
拖出他们，像刚刚出生的动物，
把他们分类，一家家人，走开
分散，不在这儿会面。

在旅馆镜中醒来的夫妻

这男人看上去像他自己，只是更像，
他的脸亮堂，他的沉默深奥
如往常，但这女人看起来
像异类，不同于一小时之前，
一只沙丘鹤或苍鹭，她的双眼
后翻，她看起来因幸福而疯癫。
他起床后，我看着她，
仰躺在床上。
她的肋骨、乳房和锁骨有
角斗士身上盔甲
模塑的样子，外形膨胀的
胸饰，伪造的乳头，她的三角肌
苍鹭般瘦长，
我无法得知她的来历，
但那腰骨被野蛮地扭曲、
拧歪，我看得见她是一个骨架子
在那儿，她身上毛发飘荡，

尽管那女人完全不动，静止得
像瘫痪了一样。 我看着她的脸，
血变黑，那是一张沉着的脸，
我看见她在凝视时很和蔼，
还能够打定主意盯着我，
直到我先掉转目光。
我看见了她碗似的饱满前额，
瘦削的脸颊和咽喉，我看她能够
看着自己的房屋起火
毫不动容，我看她可以点燃
火葬堆。 她看起来非常像她爸爸，那种
毛细血管丰富的脸，又非常
像她妈妈，那脸型
拐角处的旋曲。 她很男性化
又很女性化，
很中性化，
我能够看见她在一座神殿里，把某人绑起来
或被绑起来，或被化为乌有，
或把某人化为乌有，
我看见了她充满残忍
又充满善良，洋溢着善良——
我曾了解但不曾这么了解，她是人，

在她身体里拥有人的一切，所有的一切。
她看见我那样看着，她喜欢我看它。
一种充实的生活——我看见她生活在其中，
然后我看见她想着那忽视她
宁可像她的父亲一样忽视她的人，
而她双眼那清澈的、不妥协的白
变得灰暗，她脸庞的板块
彼此拉开像欧洲大陆
在它们撕裂之前，在它们早就漂移之前。
我看见她曾被打败，我看见她
掉转目光像一条摇尾乞怜的狗，
我移开了我的眼睛，并转过我的头
当心爱的回来时，过来她跟前
下来我跟前，我窥视他的虹膜
像看着月出时分的暴风雨，或寂静的
冬天的湖，正当它的裂缝
产生时，或成为晶体，这时晶体
正在形成，湿得像甘露、牛奶
或精液，那出自一个男孩真心的第一束。

爱将要去哪里

爱将要去哪里？ 我父亲
死时，我的爱再也不能照耀
在那油性的、喝酒撞伤的、他皮肤的斜面上，
于是我对他的爱活在我内心，
而且，活在他化成的烟雾所到之处，
盘绕着，像一个精灵。 当我死时
我对他的爱将活在我的烟雾里，
活在孩子们中，一些
依旧擦进父亲留给我的桌子的纹理，
还有他坐过的、有深红毛细孔的
皮椅，恍惚中，当我还是孩子时，就
充满感情地给了我，在他死后——我们的
灵魂似乎被锁在它里面，一起，
两块合金在一种金属里，而我们在那儿
在他四十磅的一九三二年安德伍德黑铬作品中，
在椅子前面的桌上，在它里边的
秋千静止了。 甚至孩子们

死了，我们的爱将活在他们的孩子们中，
而且依旧在这儿的扶手椅里，
锁在它里边，像物质的秘密结构，

但假使我们毁了一切又怎样，
地球燃烧着像一个人的身体，
煤烟风暴环绕着它
在永久的冬天么？ 爱将要去哪里？
烟将由动物之爱所构成吗？
烤冰的云将环绕着
地球，成为爱遗弃的一切吗？
寒冷中的球体将变成灰烬，
无人看见，无人听到，
保留所有
我们的爱吗？ 那时爱
无能为力，而且意味着无。

抗议者

(给鲍勃·斯坦)

我们正驱车向北,穿过积雪,你说
在越南期间你已过了二十一了,你是
一类Ａ级①。 路弯弯绕来
绕去,树枝压满了雪,
你说你已决定不去
加拿大。 这意味着你决定
去监狱,一个二十一岁苗条的家伙,
这意味着你决定
被强奸而不是去屠杀,假如在他们的
生命或你的屁股当中选的话,那就是你的屁股。
我们在沉默中前行,如此温柔的雪
那么沉重地被压倒。 就是那时
我认识到我爱我的出生地——
当人们不得不离去时,可能永远不会回来,

---

① 美国兵役制上表示适合于服役者的类别。

我瞧而且喜欢每棵美国的树上
每根美国的针叶,我曾以为
我的灵魂在它里面。但要是我被采下
和使用,采下和使用,我想
我的灵魂会消亡,我想我是被损毁的,
我生命的作品完了。而你说,
这是我生命的作品,去说,用我的身体本身,
你笨蛋你不能告诉我谁去屠杀。
仿佛有过一种身体的精神自由,免受伤害。
过了一会儿,你谈到你的家庭,
尚未开始,像我曾有过,跟
丈夫和孩子们一起,离开其他人就没了——
你开始跟你的祖父母一起
养成向后的习惯,远离你自己,
深而又深地深入欧洲,深入
中东,圣书——
有时埋葬在花园里,有时
被吞下和携带在身体本身的约柜中。

夏令营巴士从路边绝尘而去

无论他需要什么,他有
或至今没有。
无论这社会要对他做什么,
它已经开始做。 携带着一支铅笔、两册
《哈迪小子》、一份花生酱三明治
和葡萄,他上路了,没什么
我们能给他做的了。 被他用心
储存的一切,现在,他能用了。
他放在心上的任何东西
他都可以请求。 他没带他可能
需要的东西。 巴士变得越来越小,像一个人
在典礼结束时叠起旗帜,
叠了又叠,叠了又叠,直到
只剩一个三角楔子般的残余物。
无论他生气勃勃的灵魂
能为他做什么,它现在正在做。
无论他的自大能做什么

它正在对他做。那已经对他
做了的一切,他现在要做。
那已放在他内心的一切将要
出现,现在,一箱子的东西
打开了,整整齐齐
放在铺位上,在松树下的光线中。

聊天者

整个星期,我们聊天,我们早晨
在走廊上聊天,当我梳理头发时,
把发梳扔到空中,
它飞向山谷,飘落斜坡,
我们边朝汽车走边聊天,聊着
越过平缓、拱形的车顶,
这当儿打开车门,然后急忙低头
我们就在那儿,向车内弯身时,聊着。
在中午会面,
我们看见对方时的第一件事情
是张开我们的嘴。 整天,
我们互相唱口头语言的
单调音乐。 即使吃饭
也不停,我会透过奶油饼干
破碎的身体对他说话,
朝他轻轻喷溅饼干屑。 我们聊着
走着,我们在公园停车场

斜靠在车上聊，直到别人
都开车走了，我们依附于它黑暗
寒冷的救生艇，开始新话题。
我们不怎么提他的妻子，
或我的丈夫，但对别的一切
我们转变成嘴唇和舌头的工作
——直到颈脖泡在热水浴缸里，或
步行在陡峭险路上，
走进炙热尘埃，仿佛
落入有翅膀的离子中，而且在
沙子上，彼此紧挨，当我们转了
几圈接近对方将要变成
爱的旋转时——甚至在水下
从我们的嘴巴里尾随我们话语的
美妙链条。但通常在夜晚，而且
直到深夜，我们聊啊直到
掉线，仿佛，暂停一会儿，我们就可能
直奔对方而去。今天，
他说他觉得他能够永远跟我聊天，
这一定是天使生活的样子，
彼此相对而坐，深深地
在他们分享精神的极乐世界里。天哪，
他们不打算互相爱抚。

第一次感恩节

她从学院回来时，我将看见
她臂膀的皮肤，很酷，
有质感，光滑。 她将拥抱我，我年老的
愁云密布的胸抵着她的乳房，
我将闻到她头发的味道！ 她将睡在这间公寓里，
她的睡眠像无法控制的好东西，
像身体里的灵魂。 她进入了我的生活
这第二次伟大的到达，在他之后，来自另一个世界的
新鲜——她躺着，新鲜感发自他内心，在我内心，
那些夜晚，我喂饱她让她睡觉，
一星期接一星期，月亮升起，
又落下，并渐渐圆满——旋转着，越过月份，
围绕我们的星球，慢慢模糊。
如今她不需要像那样的爱，她已经
拥有过。 她将容光焕发地行走，我们将聊天，
然后，当她很快睡着时，我会很高兴

有她再次在那间屋里,
就在那扇门后! 像孩子似的,我捉到了
蜜蜂,捏着翅膀,抓住它们,好几秒钟,
观察它们野性的面孔,
听它们哼唱,然后把它们抛回
到空中——我记得那一刻
我的投掷拐弯的弧度,而它们进入了
它们的离开修正的曲线。

本　然

这样挨着他，在睡眠的边界上，
我的胸骨和髋骨贴近他锥形的
背，我的膝卷曲到他的臀部，
绕着它们交叉合拢，像带有
茴鱼眼斑的翅膀，
这感觉对我来说是最真实的东西，
我的手像元素在他身上，像
他妈妈体内的水抚摸着
他周身，无须语言，他的大眼睛
不满足不相信甚至仍然无意识，
风巡游在世界外围，
一阵那样来临的风，当那些爱死者的人
被允许再次去触摸他们时。这感觉像
我是，我是那爱抚着的他，
也许这种爱抚很特别，
温和地拂掠在性的边界，
其门槛的打扫者在半睡眠中，我

是他臀部的曲线，柔软的叉状
闪电般的每根毛发，卵泡
和毛孔，以及那下面的骨骼，
死神般的骨架，
还有复杂的、令人兴奋的肛门，像风景画上
一个人物，精神贯注着身体长度的
一根令人垂涎的长骨的
末端把手，然后——
但当我们在下面从身体背后相交时，就到此结束，
直到第二天
早晨或夜晚再次重新来过，
我的家，无色的极乐，这里我安静地
漫步。我看见了它在圣经中，在一侧
椭圆形、深褐夹白色里，那和平王国的
丘陵，它的溪流和小橡树，
我的眼睛巡视它，而此刻我的手
游走，来来回回在地下，
上上下下在里面，我是对面的
撒旦，我不想要去统治，
只是赞美。我以为我不曾
想要生孩子，

我不曾想要怀孕,
我什么也没抓住,在他浓厚的父母的
毛皮前。渐渐地我被摆脱掉,
但我不愿意放手,也许他们不得不
用一根棍棒打倒我,像某人
黏附于一条实况转播的、掉落的电线上,
我带着手掌上另一个世界的皮肤离开,
在夜晚,当我抚摸他时,
游荡在他身上,守着他,往前挪动
并守着他,我觉得我又是家了。

了　解

后来，当我们睡着时，天堂
昏迷了，又醒来，我们躺了很长时间
看着对方。
我不知道他看见什么，但我看见
安静均匀的眼睛
和忍耐，一种耐性像物质的
高贵。 我爱深海般的
他虹膜的蓝灰绿，我爱
它衬托眼白的曲线，
那曲线那一直吸引着我来的视力，
当他很安静地，深深地
在我内心时。 我从未见过一条曲线
像那样，除了我们的，来自
外太空的球体。 我不知道他从哪里
得到他的稳定，仿佛没有自尊，
几乎没有自我，然而
他选择了一个女人，然而不是别的。

通过了解他，我认识到这终身伴侣
动物的纯粹。偶尔他略有
微笑，但多半是他正凝视我凝视着，
他整张脸闪亮了。要是我喜欢
去看它的变化——没有烦恼，
没有怜悯，一把雕刻刀的光芒。要是我们
仰面躺着，并排，
我们的脸完全转过来彼此面对，
我能听见我下面的眼碰到床单的
一滴泪，仿佛它早一天在地球上，
而后上面双眼的泪水
交织并奔流而下穿过下面的眉毛，
像农耕灌溉，一个非游牧民族的发明，
我能了解他是多么幸运。
这是了解他唯一的途径。
我是唯一了解他的人。
当我再次醒来时，他仍然在看着我，
仿佛他是永恒的。一个小时
我们醒着并打磕睡，慢慢地我知道
尽管我们心满意足，尽管我们几乎
不接触，这是来到别人
带我们到达的边缘——我们正在进入，

深而又深，凝视再凝视，
这个地方越过另一个地方，
越过身体本身，我们在造着
爱。

未打扫的房间

圣经研读，公元前七十一年

马尔库斯·李锡尼·克拉苏
击败斯巴达克斯的军队之后，
他把六千人钉了十字架。
就是这记载说，
犹如他把一万八千颗钉子
钉进自身。 我想知道
那天，要是他出去
到他们中间，要是他走进那种人类的
森林，他感觉如何。 我想他呆在帐篷里，
喝酒，也许还交媾，
听着演唱为他作的歌，
仅隔几步之遥，他正在演奏
木管乐器，以六千分之一的力量。
也许，他偶尔朝外望，
看一排排乐器，
他的果园，覆盖着泥土，
仿佛一个碎屑在他脑袋里发痒了，

恰好这是他抓搔的方式。
也许这给他愉悦，
以及平衡感，仿佛他曾深受其害，
现已为此找到补救，
并为此出声。 我像一个怪物那样说，
今天终于有人想到了
克拉苏，他无动于衷的
狂喜，尽管感受到
那么多；他火热轻松的精神
在生命的自由中能随意行走，
而另一些人被钉在大地之上。
那可能是他人生中最快乐的
一天。 即使他突然剁掉
他拿着葡萄酒杯的手，我也不相信他
对他正在做的事情会醒悟。
真可怕，想到他突然
明白他是什么人，想到他跑到
外面，试图把他们放下来，
一个人去救六千人。
要是他能够放下一个，
而且看见那双眼睛——当痛苦的程度
像突然飙入喜悦一样下降时，

那不会在他内心打开
谅解他人的疯狂的
惊骇吗？但那时他就会把
五千九百九十九人
放走。也许这种事几乎从未
发生,那样一个马尔库斯·克拉苏
醒悟。我想他打磕睡,被唤醒
于他活着的梦想,提起前襟,
慢慢地朝外看去,看着瑟瑟作响、嘎吱嘎吱的
活生生的他的战场,像一种外部
器官,一颗心脏。

五分看一眼

我班去马戏团那天,
我提早溜进浴室,
踮起脚尖站着,够到镜子
下角,斜靠在水池上,
慢慢地向下贴近眼睑
剪掉睫毛。 我不知道我
在干什么,或为什么,我研究效果
——不坏,有点儿光秃秃——但当我看见这效果
对于我妈妈,不只是恼火,而且遗憾
和惊骇,我觉得有趣。
我想我几乎绝望于成为
一个女孩,长大变成像我妈妈一样的女人,
我想要不再被收养
并回家成为长着小牛头的婴儿,
回家到生母那有胡子的女士跟前,
我父亲是吞到一半停下的吞剑者,
一个带剑的人。 我曾试图表现正常,

但灵感来临时
我觉得我必须采取行动,
用我切换成一个预言家的凝视,去盯着我妈妈,
看见她一瞬间看见我,看见
她的虹膜收缩。 我不曾
想象我能够永远离开我妈妈,
多半我曾是她的,以一种扭曲的形式,
但至少第二次那小小剪刀
用鸟也似的嘴巴对她说话,
咔嚓,咔嚓。 巫婆嘀咕。 当我的睫毛
重新长出时,不厚不薄,
不短不长,我妈妈
让我坐下,教我眨眨眼,朝旁边
无目的地看,并抖动它们,每秒钟七拍。

灰姑娘

（给优素福·科曼亚卡和托伊·黛瑞科特）

我们沿着公园散步，在栅栏上越过
那豪华公寓的排风管道，
我们飘飘然，在铁栅栏上，
三人并肩——四只乳房，
两只各在男人的两旁，
他经历各种各样的战争幸存下来，
我的朋友和我自豪地带他走过
他读书之后的傍晚。 我们的裙子，
遮挡着，我们个儿高，我们是他的护旗队，他的
有色女人和白种女人
护旗队，我们谈到
家庭和种族，在我内心涌起的
贪婪或欲望，以至说到我
厌恶自己。 我略微蜷缩着，
如在热气上空舞蹈的蜘蛛，而且
我说，你想了解白人吗？

我会告诉你白人的事，
我跟他们住得极近，
而且我就是白人，他们施用于我身上的卑鄙
也是构成我的东西。 从眼角，
我瞥了自己一秒钟，
在一家商店窗口，一个灰暗的旋涡，一种
物质后面的渴望里。 我的同伴变得
安静，仿佛他们有点儿
反悔了，但仍然静止不动，带着谨慎的
礼貌。 在那一秒，我几乎能够
感觉到自己，
一个想要在家庭战争中
赢得某种东西的人，
面对那些被战争打击的脸咆哮着她在后方的
痛苦。
很难看见自身的危险
和愚蠢，但我说的是真的，
伤害我最深的人是我的制造者，
但那儿不曾有过我现在看见的东西，
当一个憎恨者的圈子
在我们四周，包围着我们时。
我曾有这种知识的闪现

在人行道上——当我们继续向前，我感觉到
两个，活生生的生命，和半是
笨蛋的一个灰姑娘在走着。 让她
想她是谁，为了憎恨自己
而品味她自己，自负地，去品尝，
这憎恨她自己人的奢侈？
整个傍晚，我看着我朋友们的
女性化的美，和男性化的美，
以及那有葡萄酒、肉、水果和鲜花的
餐桌，仿佛我们能够返回到开端。

风景里的静物

那是夜晚,下雨了,那儿有车零件
和半辆车散落着,寂静而明亮,
一个妇女躺在高速公路上,仰面朝天,
头向背后扭转,缩进肩膀下
因此脑袋后部挨着肩胛骨之间的
脊骨,衣服
多半已不规则地脱落,她的
腿失去了,一条长骨
从她残剩的大腿根伸出——
这就是她,她的被抛弃的物质,
我母亲揪住我的头并扭转它
夹进她的胸部,她的
乳房之间。 我父亲在开车——不清醒
但在这次事故中不同,我们接近
出现于模糊的暮光中的它,破碎的玻璃
在潮湿的黑色碎石路面,像一片在下面的
缀满星星的午夜。 这就是

世界——也许是唯一的一个。
死去的妇女并非我父亲
最近差点儿碾过的人，
那人突然跳跃着避开我们的
从死亡里颠簸着倒回的家庭汽车，
她不是我，她不是我的母亲，
但也许她是人类的一个典型，
元素排列在她身边的焦油上——
玻璃、骨骼、金属、肉体和家庭。

婚 誓

我没站在祭坛边,我站在
高坛台阶脚,跟心上人一起,
牧师站在最高一级台阶上
手持打开的《圣经》。 教堂
是木头的,里边漆成乳白色,没人——上帝的
马厩打扫得很干净。 那是夜晚,
春天——郊外,一道有泥浆的护城河,
教堂里,从橡子上,苍蝇
落到打开的《圣经》上,牧师
把书倾斜,拂去苍蝇。 我们肩并肩
站立,由于恐惧和敬畏
轻微地哭泣。 事实上,我们头一夜
已经结婚了,在床上,我们已经通过身体
结婚了,但现在我们站
在历史中——我们的身体嘴对嘴
说过的话,我们现在公开地说,
结为连理,白头偕老。 我们手牵手

站着,然而我也仿佛孤身
一人站着,为了这一刻,
就在誓言之前,尽管花了
多年,得以实现。 它是现在
和未来的誓约,可是我觉得它
有些触及遥远的过去,
或遥远的过去在它上面,我觉得
我父母亲婚姻那死寂、焦渴、
哭泣的幽灵在那里,明亮空间的
某处——也许是一只垂直
落下的苍蝇,轻微地弹跳着,
仿佛它袭击"忠贞不二",然后
被拂掉。 我觉得仿佛我来
要求一个承诺——那甜蜜我已从
他们的酸味里推测出来;而在我来的
同时,天生不值得,去乞求。
可是,我曾一直在努力抵达一生中的
这个时刻。 然后到了开口的
时候——不管怎样,他正将他的一生
奉献给我。 那天晚上,那是我不得不去
做的一切,接受这
我曾渴望的礼物——去说我接受它,

仿佛在问我是否呼吸。 我愿意吗？
我愿意。 我愿意正如他愿意一样——我们一直在练习这个。

你接受这样的快乐吗？ 我接受。

他的服装

不知怎地我从未停止留意
我父亲喜欢打扮得像女人。
他有关于女人太唠叨,而且
很愚蠢的手势语,
但每当有化装舞会时
他会打扮得像我们,网球
做乳房——球做乳房——小听差的
金色假发,口红,他会
以某种优雅动作摇摆身体,
仿佛一个生命能够成为整个
宇宙,其末端往回弯曲着
从身后出现。 六英尺,也许
一百八十度,一百九十度,他有形状美观的
男性嘉宝的长腿——穿着
短裙,他斜靠书柜柱子
照看着他的第五杯酒,用尖锐的双眼
从染睫毛膏的眼帘里

四下凝视。那从下一道门出来的女人
有尾巴和耳朵,她包裹着雷诺兹锡箔,
她是凯蒂·福伊尔,我妈妈穿着
最小号燕尾服,但他总是赢得
奖品。那些晚上,他有大胆的样子,
仿佛他侥幸得逞,
一副偷窃后凯旋而归的
神色。而据我所知,他从未被当作女人
抛起来,或醉倒,或用双手做出嘲笑的标志,只是倾身,
撩人的,优哉游哉,巧妙地
呈现,仿佛感觉到他的全部潜能,穿越
他自身,回来,
往而复回。

最初几周

最初几星期,我几乎不知道怎样
去爱我们的女儿。 她的脸看上去像被压碎了,
因烦恼而皱巴巴——实际上不是
绝望,只是沮丧,一副忍耐的
神情。 她脸上皮肤细微地
起皱,耳朵上有成绺头发,
她看起来有点像一只松鼠,多疑,
恍惚。 而且有点小,
干瘪——她看起来似乎正畏缩着离开我,
并不移动。 我看见她的
最初那一刻,眼镜掉了,
在产房中,一片模糊的血、
蓝色皮肤,以及四肢,我曾知晓她,
胎位颠倒,他们纠正了她,而在那儿
出现那种虚弱的、近乎性的恸哭,还有她
全身红扑扑的玫瑰色。
当我下次看见她时,她被用棉布捆着,

别人已把她弄干净，擦拭了
我的身体里面脱落的她，
梳理了她的在狭窄可怕的
犁沟里的头发。 她早产十天，
昏昏欲睡，胸部充盈、突显，
近乎跟乳头齐平，她的嘴唇
甚至会靠近它，会发出嘶嘶声，并且喷溅。
当我们带她回家时，她尖叫、
呜咽，像烧伤病人做梦，
她安静时，会躺在那儿凝视，不很
焦虑。 我不曾责怪她，
她已在我妈妈的女儿跟前出世。 我会跪下
盯住她，怜爱她。
整天我护理她，整夜我抱着她踱步，
打盹儿，也照料，抱着她踱步。 而后，
一天，她看着我，仿佛
她认识我。 她躺在我的臂弯里，吃奶，并
盯着我，仿佛记得我，
仿佛曾经认识我，并喜欢我，而且正在恢复
她的记忆。 她冲我微笑时，
微妙的咧嘴，像出生的疼痛出现，
我沉浸在爱里，我成了人。

紧　握

她四岁了,他一岁,天下雨了,我们感冒了,
我们已经在公寓里呆了整整两周,
我抓住她,以防止她推搡他的脸,
再一次,我抓住她手腕时凶狠地压迫它,
持续好几秒,以给她留下深刻印象,
弄疼她,我们心爱的初生女,
我甚至几乎在将紧捏产生的刺痛感
添加给她,还有我的愤怒,
"决不,决不,有下一次,"义愤的
诗唱伴随着紧握。 一切发生得非常
迅速——紧捏,紧捏,
紧捏,放手——在起先的特别的
力量时,她摇摆着她的头,仿佛在辨认
这是谁,看着我,
而且看见我——是的,这是她的妈妈,
她的妈妈在做此事。 她黑暗的、
深沉的、大睁的眼睛攫住

我，她认出我，片刻的震惊后，
她懂了我。 这是她妈妈，她最爱的
两人之一，最爱她的
两人之一，在爱的源泉附近
是这样。

窗

我们的女儿喊我,含着泪——像被压迫的
水,在巨大压力下,从结实的石头里
渗出。 我很生你的气,她低声说。
你在一首诗里说你是幸存者,
那很好,但你说是
犹太人,你不是的时候,才那么小气。 你说
得对,
我说,你多么正确。 你看过大屠杀
电影吗,她问,用压抑的声音,
在营房第三层有扇窗
我知道这是一间小浴室,我在波兰
那天我在那里用了它,而她啜泣,
像有人吞咽沙石的声音。
房间不曾扫去灰尘,那是
仿佛被原封不动地留下的一切,
一些同样的微粒
可能在房间那里。 还有展览的案例,

一个有头发的人——头发,在我脑海
我看见那景象,在玻璃后面,
人类的丘陵和山脉,私生活的
亲密加冕,
如今是乌云、碎石、陷阱的
现状。 有很多眼镜,
巨大的一堆想要阅读
和喜欢的书籍,而且能够看见,
然后……然后是手提箱
展示柜,和一本旅游时携带的
东正教指南。 她能,当她哭泣时,
说话,用一种被压扁的、断断续续的声音
仿佛一块能够说话的鹅卵石。 *他在讲述
一个大班的受戒男孩们
去看手提箱上的名字——
其中一些人曾相信……他们是要去
度假*,她说——或类似的事情。
我听不清每个词,
但有时只有石头在水上的
嘎吱嘎吱声。 我不想去要求她
重复。 她似乎在说她不得不
离开那房间,去找一个地方

哭，也许是那小浴室。
我觉得仿佛我在那里，挨着她，
并通过她，在看着，人类的惨状，
仿佛她是透明的，没有吸引目光
看她自己。 *有一些人不哭，
只是看着*，她说，后来她说
我们周围那么多难以忍受的。
我们谈了一小时，我们在回来，
仿佛从土地里面上来，
我试着告诉她这不是她内心的
弱点，那是她感觉到的爱，
每个生命的无能为力，以及
人类的恐惧。 *是的是的*，她说，
用近来某人的低音——
那安乐窝里的年轻人，也许不久
做巢的人——那个小时，在她的
视野里，希望的证据
那约柜被毁灭了——而且没有想到她自己
以使她分心，没什么使她分心，甚至不是
她自身的呼吸，当她看时。

油炸鱼

一天半夜,下班回家晚了,
公寓散发出油炸鱼的
臭味。 所有窗户关了,所有的门
敞开着——从平底锅里、小铲上
浮起厚厚的鳕鱼螺旋
和橄榄油。 我丈夫睡着了。 我打开窗户
关上门,把盘子放进水池里,把
高露洁全用完了。 第二天我
卖鱼妇似的到一个朋友跟前,可她说,
有人也许会忍受这事,并开始喜爱
油炸食物的味道。 而且那天晚上,
我看着我心爱的,他让我
在内心深处感动了。 我寻找一瓶
超特级橄榄油,一份海鱼片蘸橄榄枝汁的
食谱,我让鱼香味的涡流
充满房间,那早期基督徒画的
沙滩上的轮廓,那意味着安全的圆圈,

意味着我也一样，
我想起我的父母，对任何一点点
厨房外面的气味皱起眉头，
在房屋里，在生活香甜的油脂旁，
加尔文教徒直发抖。 我来到我的伴侣跟前，
一个令人震撼的生命，热切地，一条涂盐的
比目鱼在他的鱼篮里，女孩在油里，
在他的碟中。 我不曾了解那个
能够完全满意某人的人———个
会醒于辛辣的一天的人，一个
会从审判之梦中醒悟的人。

踱步时想知道

黄昏,她不外出的那些傍晚,
我妈妈绕着房屋消磨时间。
她的帮佣们走了,没人
在那儿,没人去说要做什么,
她漫步,有时自言自语,
温柔地责骂着,有时她突然间
伸出双臂高声尖叫,
随地躺在地毯上,
像身体被掉落的电线触击,
她旅行,她探索,她马可·波罗般走过
镀金、发光的战利品房间,她是谁。
我觉得,现在,我不了解她,
而且凭借所有的凝视,我都没有理解她
——像我们小时她唱的歌,
当我散步时我想知道,外面天空下,
耶稣,那救世主如何诞生、死亡,
为贫穷而孤单的人们,像你,像我

独自在迟暮,当她一再延迟
她的晚餐时,踱步在熟悉的走廊,
经过那些镜子和夜窗,
我想知道妈妈是否超越这种生活
在品味人生——并非天堂,她后来的爱人
缺席,她的父亲缺席,
以及她的帮佣们缺席,也许这就是尘世的
孤独,她不曾体验过它,
仿佛她是一个贫穷而孤单的人,
仿佛她为死而生。 我紧紧抓住
对她的思念,她在房屋里踱着步,
一只月形天蚕蛾在有隔间的笼中。
五十年前,我曾蹲在她的
花园里,跟她的红皇后们一起,试图
检测花仙子的飞行路线,当她们
在本地路径上留下飘流的花粉时,
而我们的呼吸在她们喘气儿的过程中——她们让
我们的视野开阔,用我们能够看见的
可见之物,和我们无法看见的不可见之物。

羞 怯

那时,当我们结合时,我变得
更害羞,我变得满心欢喜,
但更害羞。 我可能更容光焕发,更
光彩照人,而且从内心深处涌出
始终贯注全身的灼热,但我并非
儿戏,现在,我觉得像一个
矮小的人,在一座用橡子建筑的教堂里,或在
大教堂中,那身体的拱形空间
像神圣的森林。 当我的咽喉
不产生那些钢铁、轨道、泥土,
锈蚀的物质绞链上的噪音,以及
任何不是物质的东西时,我是安静的。 他带我
走进尽头,好似另一世界
在这个人的中心,于是,当我在休息,
已经不跟他再结合时,假如他开始
完事,我就觉得敬畏,我几乎感到
恐惧,有时一瞬间我觉得

我不应该动，或发出声音，仿佛
他很孤独，此刻，
在荒野咆哮，
然而我知道我们一起
在这地方。 我想，现在是时候了，
我能够变得更有爱心，我的双手羞怯地移动
在他全身，秘密如天堂，
我的嘴巴说话，在我心上人的
声音里，在我的脑骨旁，那原野
呻吟着，于是我再次跟他结合，
不害羞，不无耻，放松，进入
真正的家，在树木沿着地面弯曲
而依旧站立的地方，然后我们一起躺下，
喘息着，似乎幸存于某种灾难，而为了无休止的
瞬间，我听说过的
事情应验了，我忽然想到，
我不知道我是从这个男人身上
分离的，我不知道我很孤单。

四月,新汉普郡

献给简·凯尼恩和唐纳德·豪尔

在门外,一株微小的水仙
穿过腐叶层发了芽。 在客厅,
一条淡棕色老牧羊犬让我
把手放进其褶皱,并施以按摩。 在他们的房间里面,
唐说,就这儿了,这是我们生活
和死亡的地方。 朝那正中的刷枫木漆的
床头板——美的雪橇,
夜晚的雪橇——曾有一个天使粘贴着
仿佛绑在那里,翅膀张开。
床说话,仿佛对着它自己,
歌唱。 整个房间歌唱,
以及房屋,以及丘陵的曲线,就像
在喉咙和肩膀之间的曲线,歌唱,在赞美的
悲伤中,而地面上,几乎,响起,
镂空的铃铛等待其舌头。
低垂。 在墓地,

紧挨着巨大、平滑、有斜面的、
砍倒的橡树之家，像德鲁伊橡树①
树干——在它里面出来的
一点也不像她曾经的样子——
他站在身边，长时间地沉默，
片刻，像火热的马具嘎吱声，
当饮马的水满满地溢出沟渠
流到地面时，他看着我们，
每一个人，他似乎不只是
一个看着人们的人，他看起来
差不多是另一类生物，一只
盯着鹰群的鹰，凶猛，专注，
无语，眼皮不眨，看着每一个人，
深深地看着
进入每一个内心——
数英里远，多年——他好像是简，
看着我们，最后一次
在人世间。

---

① 原文 Druid duir。Druid，德鲁伊，古凯尔特人的祭司；duir 本意是"门"，是凯尔特人对橡树和"橡树母亲"的称谓。橡树对他们来说有神圣意味，祭祀的时候常在橡树附近，神的偶像也以橡木雕刻。更确切地说，"橡树母亲"是有非凡能力、通晓巫术的凯尔特人。

清　理

碎石，在未经改造的
自然界，在河床或林地上，
我打算去清理，树枝上苔藓
柔软的爪子，荆棘下面的
兔子毛。它们常常成片
出现，乱蓬蓬一小团，
我想要去分开这些鸡零狗碎，
延龄草肉穗花序，老鼠毛，野樱桃叶，
花岗岩碎屑，我想要把它们解开
并复原其生存形态——我是
针叶树潮池的主妇，一个会鼓励
父母跟孩子们分开的父母，我妈妈的头发
柔软的蛇一般从我耳朵里
蜿蜒而出，她的泪墙从我的头发
退回棕红色的海——她要成为
她；我，我。我爱
并不知道

什么是我心爱的
以及什么是我，我爱因为我的我
要死，离开那松弛的人，极乐
平息，便跟他一起入睡
醒来，又睡，不恼怒。四肢
贴着四肢贴着嘴唇贴着嘴唇贴着性器官贴着
刺激性的火花我们分开，一小时
又一小时我们松开而且干渴，
于是，我盼望把手伸向
那生命之巢——爱已编织
少许羽毛、吻痕、玻璃状的
浮物，以及闪光的云母，没有
蛇皮进入，填缝的花蜜
和精子粘合剂，精液变干的
癞蛤蟆的紧扣，被我打断，轻柔地，
呻吟着，而那唯一一个人的世界
解开了，一个自己缩回的嘴唇
张开，喃喃低语，高顶卷边女帽的头发
发出噼啪声，还有光滑的薄衫——
蓝绿色，随着有黏液的
被压过的胸针——曾颤抖地竖立在我父亲
死时的舌头上——陶器裂纹、碎片、

在成排植物和沟垄里伸出的
花园卷须,稀奇古怪、凹凸有致、原始,
所有芳香的甜美,三色堇、芍药,
黄昏,星光般灿烂,未受亵渎。

初学者

当我妈妈告诉我,为了她的聚会,
在阁楼上找到她已故丈夫的旗子,
并把它插在前门上时,
她电话里的声音沉稳,带着真实的
怀念,听起来像一个已经知道
没别的活人的士兵。 那会儿我忘掉
那养育过我的是暴躁的人。 我们谈到
她心爱的,
在他中风后她如何给了他
那么完好的照顾。 而当癌症出现时,
那是黑色,她说,而后那是白色。
——什么? 你的意思是什么? ——那是黑色,
那是
癌症,太可怕了,
但他不知道害怕,然后它
仁慈地把他带走了,那是白色。
——妈妈,我说,冒着

冷汗。 我可以说些什么，你不
会恼火吧？ 沉默。 我从未拿任何事情
去询问她。 我颤抖着，因此电话
在我下巴上拍打着。 ——是的——妈妈，
人们已不再那样说了，所谓黑色是坏的，
白色是好的了——咳，我不是种族主义者，
她说，带着我在我自己身上听见过的
某种故作浑厚的、近乎狡黠的骄傲。 ——喂，我
以为
大家是，妈妈，但问题不在
这里——要是黑人听见你说的，
他们会是怎样的感觉？ ——但没有一个黑人
在这儿！ 她叫道，我说——嗨，那么想想我
就是黑人，很安静，接着我说，——这像如今孩
子们
总是告诉我的一些事情，
"妈妈，没人还那样
说。"而我妈妈，用一种梦想时分的
柔和声音说，——我决不
再那样讲。 而后，近乎
极度痛苦地，我向你保证我决不
再说一次。 ——哦，妈妈，别

向我保证，我是谁，
你做得这样好，你是个令人惊异的初学者，
这就是当时，出自我妈妈内心，
我心中的妈妈对我说，
那在花腔女高音、女低音
之下的人，那在孩子之下的女人——躺在
下面，等待着，我的一生，
去说——她低沉的声音缓慢地
波动着，像她心上人的旗帜，
她说，先前，我，死了，我在，学习，
很多事情，我从来没有，想过，我不知道，我是
那么
幸运。而那时，它们是
我不会的事情，已经学会了，要是他，还活着时，
但我无法，高兴，他死了，而后
是静静饮泣的声音，仿佛
我听见，近乎一种净化，一颗哀痛的心灵
澡雪自身，并歌唱着。

天堂存在

当我想象我的死亡时，我会仰躺着，
灵魂会上升到肚皮，像一张蜡纸
飘出，女孩的形状，翻身
卷起，从仰卧到俯卧，像神灵的
地毯开始飞，低低地，
在我们的星球之上——天堂是
不可伤害的，而且能看见没有结束
或停顿、终止，
去躺在空气上，看来看去，
跟我的生活没有分别，我将成为
透明薄织物，带着几乎无痛苦的孤寂，
看着大地，仿佛看见大地
是有着一颗灵魂的我的版本。 不过
我会看见我亲爱的，近似于站立
在天空里一道门旁——
不是通往星座、通往

五角星①和北极光之门，
但一面整齐的活板，在天空之门
底部，像门里的小猫咪的门，
通过它是无。而他正在对我说，他必须
走，现在是时候了。而且他不
要我跟他同行，但我觉得
他愿意。我不认为
这是一种生之无，在不存在之地
能够做一种超脱尘世的爱，我
想这是无中之无，我想
我们穿过门，一起消失。
挽着他的胳膊是多么深沉的欢乐，
压着我的乳房
像一对走进正式场合的情侣，
迈出那一步。

---

① 最早对五角星的使用被发现在两河流域文明的文献资料里，代表五个星球：木星、水星、火星、土星和"天堂的皇后"金星（代表上位）。

照　顾

我父母没考虑过这事，为我，
然而我能看见自己在某个另一世界的
树林里，带着流产儿。 这是傍晚，
空气灰沉沉，仿佛出自殡仪馆的
烟囱，而在那儿是人们的开端
近乎生长——但不是改变——在茎杆上，
一些人盖着斗篷，或凤仙花，
其他人在很小的格子架上。
也许在这儿我是一个园艺师，
我们用盐水给他们浇灌。
我想起那个女孩，她曾有一绺卷发
正好在额头中间，
她好的时候非常非常之好，我不曾像那样，
她坏的时候很恐怖，我在这儿
仿佛在恐怖的花园里——我一举
一动，倍受注意，朝向队列，我想到
"玛丽玛丽十分叛逆"，

我觉得我正看见银色铃铛
垂下铃舌，那有着皱褶的
扇贝壳被吃掉。 可这是
一座圣林。 我想到房屋时
我来到了，而那房屋这些兄弟姐妹
可能已来到，而且他们可能已经完成
在那里做的事情，
我想知道有些人由于死得早
是否在这儿已结束，一种对于在世的人
没有的恩惠。 所以我照顾他们，我憎恨
他们依然忘恩负义。 我不
跟他们打招呼——他们的催眠曲
冗长而完整，
我只是漫步，仿佛这里是一个家，
一个妈妈和爸爸的地方，而我
置身其中——那唱过的将不会唱，
那伤害过的将不会伤害。

赞美诗

弯着腰,在八月的桌旁
在夏日毛巾存放处,搁
一叠于架子底部,我感觉到他的
吻,在蓬乱的胡须中,在因他知
而我知、因他触及而我见识的
那地方的曲线上。 从而
被进入,在臀高的桌上,堆满
成捆毛巾,洗澡和擦手的,
厚绒布伊甸园,是要在一个人内部去感觉
一种核心的液体热度,就像
那个人是地球。 过一会儿,
我们睡前接吻,我想
这次我们做过了,我低声说,我想
我们亲密无间。 有时他发自内心地
微笑一下;这时,我活在其光芒之中。
我非常温柔地咬他下巴,你会想要我
吃掉你,在安第斯山脉里,在一次空难中,我

嘀咕,
以求生存? 是的,我们微笑。 他问,
你会想要我吃掉你而生存? 那就太好啦,
我喊叫。 我们差不多睡了,四肢交缠于
我们周身和我们之间,成组成套的,
如接受一样给予触摸。 你曾认为
我们将要变成彼此吗? 而我得到
那种微笑,仿佛他的脸
是一朵斑点多多、碎石般、沙一般、柔软的
长宽八英寸的仙人掌花。
是的,他耳语。 我明白他是幽默,
机械地甜言蜜语。 一轮银色
夕阳正在窗帘之间穿过,
照亮我指关节的鳞状
表面,光线像一根握着的针,
使之纯净,在一根火柴之上。 我移动
我的婚指竖立于那火焰的
裂缝之中。 从戒指曲线那儿升起
一面北极毛皮扇
像日出最初一瞬。 别告诉我
这会结束。 别告诉我。

未清理的

碎月桂树叶。 橄榄核。
蟹腿。 爪子。 小龙虾盔甲。
蛾螺壳。 蚌壳。 荔枝螺。 蜗牛。
叉骨扔在不想要的上面。
海胆壳。 凤爪。
濑鱼骨架。 鸡头,
一眼紧闭,嘴巴张开仿佛
在黑暗中歌唱。 躺倒在微小的
瓷砖中,在卑贱之物旁,
每个残余物有一个阴影——
每个阴影被投掷于
不同的光。 永存的,新鲜的
宴席的皮壳! 客人走了时,
少量掉在地上的,是留给
死者的食物——噢,我的人物,
我的想象,这儿是爱的餐桌下
一些想象的面包屑。

译后记

莎朗·奥兹的诗选《STRIKE SPARKES》，是 1980 年到 2002 年作者出版的七部诗集的精选本，译者根据诗选的内容，将中文译本命名为"重建伊甸园"。本书中所收的一百多首诗，如连续剧情，从中可以看到一种持续和令人惊异的发展，一系列令人兴奋的试验。作品以奇妙变幻的韵律、语言和乐章不断重现如下主题：童年的痛苦、青春期性意识的萌芽、完满的婚姻、好奇的孩子们……其作品中始终贯穿着深入的洞察力。这些击中心脏的诗歌，随着出人意料的双关语、跳跃的节奏和日常生活令人不安的启示，俘获着我们的想象，这位卓越不凡的诗人给我们呈现了令人激赏的、最出色的作品。正如德怀特·加纳评述的那样，"家庭生活，死亡，性爱——莎朗·奥兹的主题鲜明、简约，她的纯口语，有时可以让她看起来像哺育美国诗歌的大地之母"。

在当代美国诗歌界，莎朗·奥兹是一个颇有

争议的诗人。尽管她的诗集销量不错，很受读者欢迎，人气较高，但她曾一度被批评家几乎众口一词地指责为"自恋"和"肤浅"。但近些年来，对她的评价开始正面起来。露西·迈克迪米德为《纽约时报》写下这样的评价："像惠特曼一样，奥兹女士为了庆祝一种比政治压迫更强大的力量而歌颂身体。"她的作品从此被视为继承了惠特曼颂扬身体的传统；而且对她来说，身体是一个存在的凭证，肉体经验是身体接触和形成主要人际关系的首要模式。诗歌从身体出发，汇聚其所有的快乐和痛苦，所以特别容易引起女性读者的共鸣。2013年1月，在给奥兹颁发艾略特诗歌奖的典礼上，最终评审团主席、英国现任桂冠诗人卡罗尔·安·达菲评价说："在她的悲痛里有一种风度和骑士精神，标志着她成为了一个世界级的诗人。我总是说，诗歌是人类的音乐，在这本书中，她真的在歌唱。她从悲痛到恢复的旅程是如此美好。"爱情、婚姻，或者说两性关系，是文学创作永恒的题材和主题。古今中外，此类题材的作品数不胜数，优秀诗歌也不胜枚举。奥兹的写作资源只是自己的婚姻和小家庭生活，不可谓不狭窄、琐碎，但她却能以口语化的叙事方法,将这些琐碎的生活写得风生水起,出奇制胜,不得不令人刮目相看。她以这种写作斩获了英语世界两大诗歌奖,赢得举世瞩目,根本原因大概就在于,她写出了新感受、高水平、大境界,刷新了读者的审美眼光,刷新了我们对生活和诗歌的认识。这些诗歌描述的心灵世界,动荡、感性、奇异甚至怪诞,叙述的戏剧性和意象化手法出神入化,使诗行的跃动总是呈现在迅速切换的尖锐而真实的图像中。因此,奥兹的诗歌值得我们细读和精读。对于性,问题不在于能否写,而是如何写。如果仅仅停留在吸引眼球、哗众取宠,或者欲望的宣泄,那就是诗人和诗歌的堕落;奥兹一系列从肉体出发的诗歌,并没有停留在性描写和感官刺激上,而是从肉体和性的经验上升到对人与人之间关系、人性和灵魂的追问、探寻与挖掘,有着哲学思辩和社会批判色彩,并以此拓宽和丰富了诗歌美学的疆域。黎巴嫩诗人纪伯伦说:"一个伟大的人有两颗心:一颗心流血,一颗心宽容。"用这句话来描述莎朗·奥兹,是最恰当不过了。奥兹父母不和,父亲是一个酒鬼,她小时候遭遇家庭暴力,可以想象这对她是多么残酷,给她带来多少难以诉说的痛苦、耻辱和愤恨，但她并没有因此而变成一个怨妇。最令人惊讶的，是奥兹善意地描绘着亲人之间的伤害。如在《三十七年后我母亲为我的童年道歉》这首诗中，诗人表现出了异于常人的态度——悲悯而宽容。这些诗歌由一种重新认识生活的激情所推动，诗中充满热情洋溢的语言、令人吃惊的意象、连贯性的感觉。奥兹以坦率、美、幽默以及超越痛苦来转化现实的严酷。痛苦的经历变成了财富，爱情的磨难成就了诗人。个中心态，可谓酸甜苦辣涩五味杂陈，惟独没有愤恨和指责，虽颇为矛盾纠结，但始终不失宽容和优雅，甚而包含着自我反省和对共同生活的感恩。"智慧的艺术就是懂得该宽容什么的艺术。"（威廉·詹姆斯）"宽容就像天上的细雨滋润着大地。它赐福于宽容的人，也赐福于被宽容的人。"（莎士比亚名剧《威尼斯商人》）。奥兹的诗歌继承了意象派传统，注重意象和音乐性，并且融入了复杂的叙事技巧和浓郁的抒情色彩。她的诗行总是伴随着鲜明的节奏、生动的意象、层层推进的戏剧性的情节和强烈的情感。大卫·莱维特指出奥兹的"诗歌专注于意象的首要地位，而胜于环绕它的问题，她最好的作品呈现出抒情的敏锐，其中是净化，也是救赎"。

　　她的诗意象奇妙，联想出乎意外，意味隽永，引人深思。如唐司空图《诗品》中所说，"超以象外，得其圜中"，仿佛"山重水复疑无路，柳暗花明又一村"，扑朔迷离之际，又豁然开朗，让人恍有所悟。奥兹极具推进力的诗行和她富有魔力的意象是如此的充满活力，并创造出了一个新的音域——有时急速迅猛，有时陷入深沉的冥想。她的严峻既贴近痛苦又通往爱情，创作出她已赠与我们的出色的、最强有力的诗歌。犹如施洗者约翰，这位当代诗歌的女先知，用诗歌的净水瓶汲取生命的源泉，为我们涤除种种罪孽和羞耻，净化我们的心灵。她用诗歌告诉我们，唯有爱是涤罪和救赎之道，唯有爱能让我们在大地上重建伊甸园，把人间变成天堂，过上幸福美好的生活。

远　洋

2016 年 7 月